문학/사상 2

주변성의 이행을 위하여

2020 최진석·윤인로 외

산지니

차례

≡『문학/사상』2호를 내며

1. 권두시 「폭포」로 들이치는, "퍼붓듯 직립으로 흩어"지는 '비판-비평'의 특집은 다음 세 편의 글로 구성되어 있다. i) 「역설과 이행: 중심과 주변을 사유하기 위한 개념적 시론」, ii) 「자본의 자립화와 노동의 프레카리아트화」, iii) 「"하나는 너무 적고 둘은 너무 많다"」. 우리는 공교롭게도 이 세 편의 필자들 각각이 질문의 형식으로 입장을 개진하고 있는 점에 주목하게 됐고, 그 질문들의 벡터는 이른바 '중심/주변'의 폭력상황을 문제시하는 이들에 의해 거듭 재조합될 수 있으리라고 생각했다. 다음과 같은 문장들을 노상강도처럼 '인용'해 놓기로 한다: i) "문제는 중심과 주변의 관계에 대한 통찰이 인식론적 사변의 한계를 넘어서기 위해서는 어떤 조건을 더 고려해야 하는지 파악하는 데 있다. […] 이렇게 볼

때, 중심과 주변은 실체적으로 표상되는 어떤 대상이 아니라 주어진 상황에 따라 서로 다르게 배분되고 작용하는 정치적 힘을 가리키는 은유라 불러야 옳다. […] 무엇이 문제인가? 우리는 어쩌면 중심과 주변이라는 문제틀이 지닌 이항대립에서 아직 벗어나지 못한 게 아닐까? 그래서 중심과 주변을 뒤바꾸는 전치의 놀이에 빠진 채 헤어나지 못한 것은 아닌가?"; ii) "노동의 프레카리아트화는 자본주의적 역사 발전의 주체이자 노동사회의 지배자인 '자본'에게 어떤 의미를 갖는가? 자본에게 노동이란 무엇인가?"; iii) "나의 몸에 함께 사는 다른 기원의 세포들은 내가 먹을 때 그들도 함께 먹는 식사 동료이다. 해러웨이는 이들을 '반려종companion species'이라고 부른다. […] 세계가 모래알 같은 개인과 개체들의 집합이 아니라, 이리저리 얽힌 반려종들의 그물망이라면 우리의 윤리와 정치는 어떻게 바뀌어야 할까? 이 세계의 행위자가 인간만이 아니라면 우리의 윤리와 정치는 어떻게 바뀌어야 할까? 기계는 노예가 아니고, 자연과 대립하는 것도 아니라면 우리의 윤리와 정치는 어떻게 바뀌어야 할까?"

2. 앨런 포의 단편소설 「페스트왕: 알레고리를 포함한 하나의 이야기」를 '현장-번역'이라는 이름의 카테고리에 수록했다. 세계에 창궐중인 코로나, 세계에 편재遍在하는 방역=전쟁(의 정치). 말하자면 '인민의 구제가 최고의 법이다salus

populi suprema lex'라는 유일한 격률에 대해 생각하기 위한 하나의 경로. 「페스트왕」이 그런 방도를 비춰줄 수 있을까. 앨런 포가 출발선 상에서 인용하고 있는 문구는 다음과 같다: "신들은 왕에 대해선 참고 허락할지라도 하층민에 대해선 증오할 뿐이다." 신과 왕, 신의 섭정을 따르는 페스트왕: "우리 같은 이들의 설계보다도 우리 모두를 다스리는 이 영험한 군주께서 실행하시는 진정한 복지가 진전되기를. 군주님의 영토는 끝이 없다네. 군주님의 이름은 '죽음'이라네." 진정한 복지의 이름으로 페스트왕은 하층민/인민에게 외친다. "'반역!' 페스트왕 1세 폐하가 외쳤다. '반역!' 통풍 노인이 말했다. '반역!' 안나페스트 대공비가 소리쳤다. '반역!' 턱 묶인 신사가 투덜거렸다. '반역!' '반역!' 입 큰 왕비마마가 꽥꽥거렸다." 페스트왕의 일가一家 모두가 소리친다: "처형하라! 처형! 올바르고 정의로운 처형! 영광의 판결! 최고로 값지고 똑바른, 그리고 신성한 선고로다!"

3. 서평의 형식으로 싣게 된 글은 네 편이다. 「달리는 열차에 매달린 눈송이의 뜻은」, 「시의 나라를 위한 착한 무기」, 「'정당한 중국'」, 「에너지에 농락당한 땅에서 자본의 착취를 노동으로 기록하다」. 이번 호의 마지막 글은 「「폭력-비판을 위하여」의 행간번역(1)」이며, 이번 글을 포함해 3회의 연속 비평으로 이어질 것이다. 우리는 원고지 100매 분량의 비평

을 3회 연재하는 이 장편 지면에 진정으로 어울리는 텍스트를 원하며, 또 구할 것이다. 지난 1호처럼 2호 역시도 그렇게 원했고 구했으되, 만만치 않았고, 힘겨웠다. 그럼에도, 출발선 상에서부터 그러했듯, 할 수 있는 일을 지금 해두어야 할 필요에 우리는 이끌리며, 그렇게 다가오는 3호를 준비할 생각이다. 1호의 영문판 작업이 진행되고 있다.

2020년 12월

편집진 일동

Σ 권두시

폭포

조용미

칡꽃이 보라색 정념으로 허공의 계단을 올라가고 있다

바위에 앉아 여울목 돌아가는 물소릴 듣다가
폭포로 왔다

검은 바위틈으로 버드나무 가지가
올라와 있다
바위 사이 올라온 푸릇한 것에서

누구는 우주의 원리와 인간의 도리를 생각하고 나는 그저 연두의 깊이와 넓이를 가늠해본다

물 위는 폭포다
폭포는 곧은 소리를 낸다*

용장골에서 무량사 매월대폭포까지 그의 행적을 따라 북쪽으로, 물이 많은 서늘한 북쪽으로 왔다

폭포로 오르는 컴컴한 초록길에서 더듬더듬
더덕향을 맡았다

폭포는 쩌렁쩌렁 곧은 소릴 내고
근처엔 노란 동의나물이
독을 품고 자라고 있다

곧은 소리는 가까이 가면 차갑고, 차가운 물거품들은 퍼붓듯 직립으로 흩어졌다

* "폭포는 곧은 소리를 내며 떨어진다" 김수영

조용미

1990년 『한길문학』으로 등단했다. 시집 『불안은 영혼을 잠식한다』 『일만 마리 물고기가 산을 날아오르다』 『삼베옷을 입은 자화상』 『나의 별서에 핀 앵두나무는』 『기억의 행성』 『 나의 다른 이름들』 『당신의 아름다움』이 있다.

II 비판-비평

역설과 이행:
중심과 주변을 사유하기 위한 개념적 시론

최진석

1. 유럽과 동양, 근대성의 역설

통념에 따를 때, 주변은 중심의 차후 개념이다. 중심이라는 단일성의 바깥, 그 변경에 다수로서의 주변이 포진하며, 후자는 전자에 의해 규정되고 지배되는 대상을 가리킨다. 이것이 일반적인 담론의 논리이다. 하지만 논리의 내적 발생을 따져본다면, 거꾸로 중심이 항상 주변을 전제하고 있음을 알 수 있다. 더 정확히 말해, 중심에 대한 의식은 주변화된 비-중심을 통해 구성되는 자기의식이다. 사물이나 사태의 한가운데를 뜻하는 중심의 정의는, 역설적으로 주변에 의지하고 주변 없이는 성립하지 않는다. 이 점에서 주변에 의해서만 비로소 중심은 사유되고 언표된다고 말할 법하다. 그렇다면 중심과 주변의 관계는 어떻게 조형되고 어떤 역학 속에 놓여 있는가? 이를 정치적 논제로 전개시켜 사유할 수 있는 개념적 장치를 우리는 갖고 있는가?

중심과 주변의 개념적 발생을 예거하는 고전적 담론을 하나 끌어와 보자. 오리엔탈리즘이 그것이다. 대략 18세기 중엽 이후, 유럽에서는 동양에 대한 새로운 관점이 나타났다.[1] 적어도 르네상스 이전까지, 그 실체를 알 수 없어 막연히 표상되던 동양은 17세기를 지나는 동안 다양한 인류학적 지식들에 의해 조명되고 서술되었으며 탐사되었다. 동양을 다소 얼토당토않거나 신비화, 혹은 악마화시킨 여러 저작들이 출간되어 유럽인들의 지적 호기심을 자극했고, 수학과 조선술, 총포술 등의 근대 과학기술의 발전에 힘입어 실제 진출까지 막 이루어지던 참이었다. 한 마디로, 경제와 산업 및 문화적으로 동양에 늘 뒤처져 있던 유럽이 지식과 무력, 정치력 등에서 동양을 넘어서기 시작한 시점이 바로 18세기였던 것이다.[2] 타자의 발견은 곧 타자에 대한 규정을 수반하는

---

1 세심히 따져본다면 '동양'이란 단어는 19세기 말, 일본이 식민제국의 대열에 들어서면서 중국 등의 아시아 국가들을 한데 묶는 과정에서 발생한 일본 동양학의 자기의식을 함축한다. 이 용어를 사용하지 않아야 할 필요성은 다분하나, 논의의 빠른 전개와 사이드의 저작 번역본을 인용하기 위해 아시아를 가리키는 용어로 쓰겠다. 스테판 다나카, 『일본 동양학의 구조』, 박영재 외 옮김, 문학과지성사, 2004, 제1부 참조.

2 에드워드 사이드, 『오리엔탈리즘』, 박홍규 옮김, 교보문고, 2011, 80쪽 이하. 반대로 이 시기에 중국(동양)이 서양에 끼친 영향은 바로 철학적 사유로서, 근대 서구의 철학적 문화가 싹튼 계기를 제공했다는 주장도

바, 타자와의 차이는 나-우리의 자기표상을 은밀히 구성하면서 인식되게 마련이다. 바꿔 말해, '열등하고 사악한 타자'로서 동양의 이미지는 '우월하고 선량한 유럽'의 자화상을 구축하며 생산되었다.

> 동양은 […] 유럽인의 마음속 가장 깊은 곳에서 반복되어 나타난 타자 이미지였다. 나아가 동양은 유럽(또는 서양)이 스스로를 동양과 대조되는 이미지, 관념, 성격, 경험을 갖는 것으로 정의하는 데에도 도움이 되었다. 그러나 이러한 동양이란 그 어느 것도 단순히 상상에 그친 것은 아니었다. 동양은 유럽의 실질적인 문명과 문화의 필수적 구성 부분이었다. 오리엔탈리즘은 그 필수적 구성 부분을 문화적으로, 심지어 이데올로기적으로도 하나의 담론 형태로 표현하고 대변한다. 그러한 담론은 제도, 어휘, 학문, 이미지, 주의주장 심지어 식민지 관료제도와 식민지적 스타일로 구성된다.[3]

주변의 다수성은 중심의 단일성에 대립하면서 위계화된다. 이 과정이 기묘하고 흥미로운데, 다수가 갖는 불투명성과 무정형성은 지식과 정치의 열세로 간주되고, 일종의 자연

있다. 주겸지, 『중국사상이 유럽문화에 끼친 영향』, 전홍석 옮김, 동과서, 2019, 115쪽.

3 사이드, 『오리엔탈리즘』, 15쪽.

적 본래성처럼 인지되면서 중심의 헤게모니에 규율되는 대상으로 정립되는 탓이다. 주변-자연-대상의 짝은 중심-인간-주체의 계열에 평행적으로 배열되면서 근대의 고유한 인식론적 지평을 형성했다.[4] 이 같은 인식구조가 추상적 논리의 차원에서는 중심 대 주변이라는 이항성의 체계로 정리 및 강화되었다고 할 만하다.

문제는 중심과 주변의 이런 관계에 대한 통찰이 인식론적 사변의 한계를 넘어서기 위해서는 어떤 조건을 더 고려해야 하는지 파악하는 데 있다. 달리 말해, 중심이 항상 주변에 의거하고, 주변에 의해서만 중심이 구성된다는 관점의 전환은 그 자체로 근대성의 역설을 드러내는 발판이 되지만, 이를 어떻게 현실을 변환시키는 비판적 운동의 동력으로 삼을 것인지는 분명하지 않다. 왜냐면 주변이 중심을 구성한다는 이론적 통찰에도 불구하고, 우리에게 가시적으로 드러나는

---

4 18세기 근대 유럽중심주의의 전개는 자연의 발견과 정복으로 부를 수 있으며, 이는 동양의 발견과 정복에 궤를 함께하는 과정이었다. 당대의 수많은 여행기와 박물학적 기록들, 모험주의적 탐험과 군사주의적 진출, 식민주의의 발흥 등은 자연과 동양을 정복의 동일한 대상으로 여기며 착취하기 위한 과정의 일환이었다. 중심의 자기의식은 투명하고 객관적인 시선을 가정하고, 주변을 주변화하면서 성립된다. "관찰자인 유럽인 자신은 서술에서 자리를 갖고 있지 않다." 메리 루이스 프랫, 『제국의 시선』, 김남혁 옮김, 현실문화, 2015, 81쪽. "그리하여 동양은 동양화된다." 사이드, 『오리엔탈리즘』, 127쪽. 동양에 대한 이 같은 주변화/타자화가 서구 휴머니즘의 중심 기축이었음은 당연한 노릇이다.

현실의 구조는 언제나 중심에 의한 주변의 규정과 통제, 배제와 포섭이기 때문이다. 우리는 저도 모르게 비판의 대상이 되는 중심/주변의 이항성과 동일한 방식의 이분법에 근거해 있으며, 그 역상(逆狀)을 지적하는 것으로 비판의 임무를 다 했다고 만족하는지 모른다. 관건은 중심과 주변의 구별이나 우선성 판별이 아니라 근대 정치철학과 혁명이론의 난제를 구성했던 중심/주변의 이항성을 어떻게 넘어서 사유할 것인가, 관성적 사고의 틀 바깥에서 어떤 생성의 현실을 가늠해 볼 수 있을까에 놓여 있다.

2. 맑스, 비서구사회론의 함정

정치철학에서 중심과 주변의 관계설정이 현실적으로 쟁점화된 사례를 든다면, 맑스의 비서구사회론을 예거할 수 있을 듯하다. 맑스의 혁명이론이 서구사회를 중심에 두고 형성되었으며, 서구적 기준에서 비서구사회를 재단하려 든 것이라는 의혹이 논쟁화된 경우인데, 우리의 논제를 시작하기에 꼭 필요한 부분이다.

두말할 것도 없이 맑스는 19세기인의 한 명이었고, 근대의 자식이었다. 시민사회와 자본주의에 대한 그의 비판이 비록 '탈근대적' 통찰을 담아낸다 해도, 그 누구도 자기 시대의 자장 바깥으로 완전히 벗어날 수는 없다. 푸코식으로 말해, 인식의 내용과 형식은 언제나 해당 시대의 에피스테메가 형성하는 경계를 따라 조향되게 마련이다.[5] 이 점에서 맑스의 저술 전체는 근대 사회를 넘어서는 동시에 그 사회의 특징을 고스란히 반영하는 이중적 관점에서 조명되어야 한다. 인도를 식민화하고 잔혹하게 통치했던 영국에 대해 내린 다음과 같은 판단도 '근대인으로서의 맑스'를 상정하지 않는다면 선뜻 이해하기 어려운 노릇이다. 1853년, 중앙집권적인 사회체를 구축하지 못한 인도의 소규모 촌락공동체들이 영국 식민주의의 체계적 말살정책에 의해 산산이 부서지는 장면들에 대한 논평이다.

> 판에 박힌 형태의 이 자그마한 사회유기체는 영국의 징세관과 영국의 병사가 자행한 야수적 간섭에 의해서라기보다 영국의 증기력과 영국의 자유무역의 작용에 의해 대부분 해체되고 소멸되었다. [···] 반은 야만적이고 반은 문명적인 이 자그마한 공동체를 해체시켰다. 그리하여 영국의 간섭은 아시아 최대의, 아니 실은 아시아 유일의 사회혁명을 만들어 내었다.[6]

---

5 미셸 푸코, 『말과 사물』, 이규현 옮김, 민음사, 2012, 17쪽.

6 칼 맑스, 「영국의 인도 지배」, 『맑스엥겔스 저작선집 2』, 최인호 외 옮김, 박종철출판사, 1992, 416쪽.

자본주의의 첨병이었던 영국의 식민주의를 '사회혁명'의 동인이라 명명하는 맑스의 이 언명은, 그러나 전체 문맥을 따라 세심하게 독해되어야 한다. 알다시피 맑스는 혁명의 물적 토대를 자본주의적 생산력에서 찾았다. 대공업과 세계시장은 그 같은 생산력의 비약을 확보하기 위한 두 가지 성분들이었던바,[7] 이는 전근대적인 봉건사회 즉 통일된 국내시장과 대자본의 순환이 존재하기 이전의 촌락공동체들로 이루어진 국가에서는 불가능한 과제였다. 산업혁명의 여파로 대공업이 발달하던 19세기 자본주의의 세계사적 확산은 개별 영토국가들로 하여금 통일적이고 중앙집권적인 통치권력과 함께 조밀하게 순환하는 국내시장을 구축하게 만들었고, 다시 거대 규모의 국가 간 질서를 확립하며 세계시장을 형성했다. 인도와 같은 전근대 사회가 공산주의로 이행하기 위해서는 자본주의적 재편의 단계를 통과하는 게 불가피하고, 그런 점에서 맑스는 영국의 식민통치가 그 이행을 재촉하는 수단이 될 수 있으리라 판단한 것이다. 혁명의 규범적 이론에 충실해 보이는 이 논리는, 하지만 그 세목들 하나하나를 살펴볼 때 문명의 중심과 주변, 휴머니즘 이념의 내부(인간)와 외부(비인간)를 맑스가 분명히 분별하고 있음을 드

7 칼 맑스 · 프리드리히 엥겔스, 「독일 이데올로기」, 『맑스엥겔스 저작선집 1』, 최인호 외 옮김, 박종철출판사, 1991, 232-243쪽.

러낸다.

> 무해한 것처럼 보이는 이 목가적 촌락공동체가 언제나 동양 전제정치의 견고한 기초를 이루어 왔다는 것, 이 촌락공동체가 인간 정신을 있을 수 있는 가장 좁은 틀에 제한하였고 또한 인간 정신을 미신의 온순한 도구로, 전통적 관습의 노예로 만듦으로써 그 웅대함과 역사적 정력을 앗아버렸다는 것을 잊어서는 안 된다. […] 인간적 존엄을 모르고 정체해 있으며 식물과 다름없는 이 생활, 이 수동적인 삶의 방식이 […]
>
> 자연의 지배자인 인간이 원숭이 하누만과 소 삽발라를 숭배하여 그 앞에 무릎을 조아리는 사실에서 인간을 얼마나 값어치 없게 만드는가를 볼 수 있는 자연숭배를 낳았다는 것을 우리는 잊어서는 안 된다.[8]

영국 식민주의가 "역사의 무의식적 도구 노릇"을 하고 있다는 헤겔주의적 단언은 자본주의적 근대를 극복하기 위한 혁명의 이론가로서 맑스의 이름을 무색하게 만들 지경이다. 그가 왜 이런 판단을 내렸는지에 대해 우리가 그 논리적 이유를 이미 짚어보았음에도 불구하고, 휴머니즘을 앞세운

---

8 맑스, 「영국의 인도 지배」, 417쪽.

그의 서술적 관점이 상당 부분 오리엔탈리즘의 연장선에 있다는 점도 부인할 수 없다.[9] 그렇다면 근대성 자체의 구조에 있어서도, 또 근대성을 넘어서고자 하는 혁명 이론에 있어서도 주변부는 중심부의 구심력에 종속된 채 자율적인 운동성이나 독자적인 규정력을 갖지 못하는 걸까? 근대인이었던 맑스 또한 근대주의에 결박되어 있었다고 주장하는 입장에서는 그가 여전히 중심(유럽)의 사유에 갇혀 있었노라 단언할 만하다. 그러나 그가 모든 생산양식을 역사적 관점에서 파악했다는 사실, 심지어 자본주의조차 그 발전의 초기에는 긍정적일 뿐만 아니라 진보적 형식과 내용으로 채워져 있었음을 인정했다는 사실을 미루어 볼 때, 중심/주변의 이분법에 따라 논지를 정리하는 것은 대단히 위험한 발상일 수 있다.[10]

9 사이드, 『오리엔탈리즘』, 271-273쪽. 물론 식민주의가 근대화의 전제조건이라는 주장과 식민주의가 도덕적으로 옳다는 주장은 전혀 다르다. 맑스의 비서구사회론을 옹호하는 연구자들은 이 두 주장이 분리될 수 있다는 사실로 인해 맑스의 입장이 정당화될 수 있다고 본다. 슐로모 아비네리, 「마르크스와 근대화」, 『마르크스의 비서구사회론』, 김세연 엮음, 한울, 1985, 29쪽.

10 이런 맥락에서 식민지배 하의 인도에 대한 판단은 1867년에 이르러 정반대로 바뀌게 된다. 식민주의는 근대적 발전을 선구하기는커녕 생산력 증대를 가로막고 생산관계의 진보를 저지하는 걸림돌이 되었다는 것이다. 켄조 모리, 「마르크스와 '저발전'」, 『마르크스의 비서구사회론』, 44쪽.

맑스가 비서구사회에 대해 중심부의 편견을 갖고 대했다는 관점을 반박하고, 거꾸로 그가 역사 전개에 있어 주변부의 능동성과 적극성을 강조했다고 주장하는 입장이 이로부터 등장한다.[11] 이번의 무대는 러시아다.

3. 레닌, 혁명이론의 전치

1848년 「공산당 선언」이 발표되었을 때, 미래 혁명의 중심으로 지목된 나라는 영국과 프랑스였다. 유럽 전체에서 산업화의 수준이 가장 높았으며, 프롤레타리아의 계급적 의식과 규모도 그만큼 성장한 지역이었기 때문이다. 반면 재판농노제가 아직 판치고 있던 독일은 이 같은 혁명의 대열에서 까마득히 멀리 떨어져 있었기에 일단의 이데올로기 비판부터 시작되어야 했고(『헤겔 법철학 비판』, 1844), 현실적으로나 잠재적으로나 러시아는 아예 혁명의 주체세력으로 호명 받을 처지도 아니었다. 오히려 혁명의 반동세력으로서만 그 위상이 날로 상승하고 있던 참이었다.

러시아가 유럽사에 고개를 쳐들기 시작한 것은 18세기 초엽 표트르 대제 때부터다. 흔히 '유럽화' 또는 '서구화'로

11 세계 각지의 비서구사회에서 일어난 혁명의 가능성에 대해 맑스가 폭넓게 고찰했다는 주장에 대해서는 케빈 앤더슨, 『마르크스의 주변부 연구』, 한울, 2020을 보라.

불리는 그의 개혁정책은 법과 제도, 규범과 문물, 쾌락적 문화에 이르기까지 전 사회적인 변화를 초래한 대 사업이었다. 나라를 군주의 개인 소유물로 여기던 봉건적 가신국가(家臣國家)는 추상물로서의 국가 자체를 신성시하는 근대적 관료국가로 바뀌었고, 권력과 민중의 수직적 이분법이 지배하던 구조는 점차 수평적 시민층을 고민하는 사회로 진화해 갔다(1917년까지 이 과제는 미완의 상태로 남게 된다). 1789년 프랑스에서 부르주아 혁명이 일어났을 때 무렵에도 러시아는 아직 유럽의 변경세력에 불과했고, 유럽사의 경역에 귀속되는지 여부조차 명확히 인식되지 못했다. 이 관점이 깨진 것은 영국과의 무역을 빌미로 나폴레옹이 1812년 러시아를 침공하여 처참하게 격퇴당한 이후의 일이다. 나폴레옹의 몰락과 더불어 러시아군은 1814년 사상 최초로 파리로 진군해 들어갔고, 이후 신성동맹을 통해 빈체제를 성립시키는 데 일조하게 된다. 유럽의 국제정치사에서 러시아가 주요 세력으로 등장하게 된 것은 바로 이때부터였던 것. 하지만 러시아는 여전히 전제주의적인 농업국가였고, 대공업이나 세계시장의 수준과는 거리가 먼 상태에 있었다. 때문에 유럽의 혁명을 고민할 때마다 러시아는 반동의 근거지로서 어떻게든 고려해야 할 요소로 간주되었고, 맑스와 엥겔스 역시 러시아를 어떻게 또 얼마나 저지할 수 있는가에 따라 유럽 공산주의의 성공 여부가 달려 있다고 생각했다. 놀랍게도, 중심부에서의 변혁이 주변부의 반응과 관계 여부에 좌우되는 상황이 벌어진 것이다.

19세기 후반에 이르자 맑스와 엥겔스는 러시아가 점차 사회혁명의 수순으로 들어섰다는 판단을 내린다. 이는 러시아의 인민주의자들(narodniki)이 전통적 농민공동체(mir, obshchina)의 반자본주의적 특성을 짚어내고, 이를 통해 러시아가 자본주의 단계 곧 대공업 형성과 세계시장으로의 합류를 우회한 채 공산주의로 나아갈 수 있다는 가능성을 보여준 데 따른 전망이기도 했다.[12] 그 같은 '우회'가 정말 가능했던 것인지는 우리의 주제가 아니다. 다만 발달된 자본주의 사회 내부에서 계급분열과 경제적 공황을 통해 혁명이 발생한다는 이론적 토대를 세웠던 맑스와 엥겔스가 미성숙한 자본주의 사회에서 혁명의 가능성을 타진하고 운위했다는 것이 핵심적이다. 중심으로부터 주변으로의 확산이 아니라, 반대로 주변으로부터 터져 나온 혁명이 중심을 강타함으로써 자본주의 세계체제의 전복이 이루어질 수도 있다는 아이디어가 그것이다. 물론, 이는 아직은 여러 전제조건을 수반하는 잠재적 수위에서 타진된 전망이었다. 1882년 작성된

---

12 Derek Sayer and Philip Corrigan, "Late Marx: continuity, contradiction and learning," Teodor Shanin(ed), *Late Marx and the Russian Road: Marx and 'the Peripheries of Capitalism,'* Routledge & Kegan Paul, 1983, pp. 89-92.

『공산당 선언』 러시아어 제2판 서문의 마지막 대목을 읽어 보자.

> 러시아의 농민공동체는 공산주의적 공동점유라는 보다 높은 형태로 직접 이행할 수 있겠는가? 아니면 이와는 반대로 서구의 역사발전을 이루고 있는 동일한 해체과정을 먼저 겪어야만 하는가?
>
> 오늘날 이에 대해 가능한 유일한 대답은 다음과 같다. 러시아의 혁명이 서구의 프롤레타리아 혁명의 신호가 되어, 그리하여 양자가 서로를 보완한다면, 현재 러시아의 토지공동소유는 공산주의적 발전의 출발점이 될 수 있을 것이다.[13]

맑스주의 혁명이론사에서 중심과 주변 사이의 수많은 논란과 논쟁이 벌어진 시발점이 바로 이곳이다. 복잡다단한 문헌학적 세목들은 과감히 생략하고 이야기를 풀어보자. 맑스와 엥겔스는 조심스럽게 "양자가 서로를 보완한다면"이라고 조건을 붙였다. 그럼에도 고도화된 선진 자본주의 국가로부터 혁명이 시작될 수 있다는 이론적 테제의 '예외'가 이로부터 제시되었고, 만일 주변부에서 혁명의 불길이 타올라 세계혁명으로 번질 수 있다면 기존의 혁명적 정식은 무효화

13 맑스·엥겔스, 「공산당 선언」, 『맑스엥겔스 저작선집 1』, 372쪽.

되거나 다소간 규범적인 가이드라인으로서만 기능하게 될 것이다.

1917년은 바로 이 예외의 전면화가 두드러진 사건이었다. 1908년 레닌은 러시아 자본주의에 대한 두툼한 저술을 펴내는데, 이는 러시아 제국이 후진 농업국가가 아니라 이미 발달된 자본주의 세계경제권에 포함되어 있음을 밝히려는 작업 중 하나였다. 그에 따르면 대공업의 발전이야말로 혁명을 목전에 둔 자본주의 발달의 최고 단계를 지시하는바, 산업단지와 노동계급의 수적 규모 등을 통계적으로 따져볼 때 러시아는 이미 유럽과 비등한 수준에 도달했다는 것이었다.[14] 그러나 엄청난 공력을 들인 이 저술에도 불구하고 레닌의 주장은 맑스주의 진영 안에서도 큰 동의를 얻지 못했는데, 이른바 볼셰비키와 멘셰비키의 분열이 그 상징적 사태라 할 만하다.[15] '러시아 맑스주의의 아버지'로 불리던 불세

---

14 블라디미르 레닌, 『러시아에 있어서 자본주의의 발전 II』, 김진수 옮김, 1988, 제7장. 이후 소련 경제학사는 레닌의 이 정식을 이론적이고 실증적으로 충족시키려는 시도들로 채워지게 된다. Павел Рындзюнский, *Утверждение капитализма в России*, Наука, 1978[파벨 린쥰스키, 『러시아 자본주의의 확립』], pp. 96-97.

15 다가올 혁명을 노동계급이 선도해야 하는가의 문제를 놓고 두 정파는 1904년부터 이미 격돌하고 있었다. Robert Service, *The Bolshevik Party in Revolution 1917-1923*, The Macmillan Press, 1979, p. 24. 『무엇을 할 것인가?』(1902)에서 레닌이 주장한 직업적 혁명가의 필요성은 곧 그들에 의한 노동계급의 각성과 조직화를 뜻했다.

출의 이론가 게오르기 플레하노프를 수장으로 하는 멘셰비키는 러시아의 산업적 수준이 아직 유럽 자본주의의 고도에 미치지 못했다고 판단했고, 실제로 1917년 2월 혁명으로 수립된 부르주아 정부를 지지하기도 했다. 이유는 보다 정통적이다. 혁명은 중심(유럽)으로부터 폭발해 주변부(러시아)로 도달할 것이기에,[16] 러시아의 생산력이 서구 자본주의의 수준만큼 끌어올려질 때까지 부르주아지의 지배를 돕는 것이 프롤레타리아의 임무라는 것이었다. 레닌의 4월 테제는 이를 정면으로 반박하는 것이었고, 결국 그해 말 역사상 최초로 공산주의 정부가 들어서게 됐다. 이게 다는 아니다. 과연 1917년의 혁명은 맑스와 엥겔스의 기대대로 중심부와 "서로를 보완"하면서 세계혁명으로 전화되었는가? 유감스럽게도, 우리는 그 반대의 귀결을 이미 알고 있다.

역사적 공산주의가 종식을 고한 오늘날, 레닌의 판단이 옳은 것이었는지 또는 전적인 오판에 불과했는지 따지기는 쉽지 않다. 한편으로 주변부로부터 혁명의 가능성을 타진함으로써 맑스가 그저 추론만 했던 가능성을 현실화시켰지만, 다른 한편으로 중심과 주변의 연속적 점화라는 전망을 충족시키지 못함으로써 여전히 이분법적 지형을 잔존시켰던 까

16 나카무라 헤이하치, 「공산주의 이론과 후진국 혁명」, 『마르크스의 비서구사회론』, 99쪽.

닮이다. 냉전이 한창이던 20세기 후반의 세계에서 중심과 주변의 문제는 여전히 논쟁적인 과제로서 맑스주의에 남겨졌지만,[17] 그 이론적 치열함을 넘어서 현실을 폭발시키는 지점까지는 이르지는 못했다. 무엇이 문제인가? 우리는 어쩌면 중심과 주변이라는 문제틀이 지닌 이항대립에서 아직 벗어나지 못한 게 아닐까? 그래서 중심과 주변을 뒤바꾸는 전치의 놀이에 빠진 채 헤어나지 못한 것은 아닌가?

4. 은유, 중심화와 타자화

1991년 12월 26일 소비에트 연방의 해체 이후, 소위 현실 사회주의 몰락을 둘러싼 책임론이 강력하게 대두된 적이 있다. 인류사의 가장 오래된 질곡으로서 계급지배의 사슬을 끊고 생겨난 사회주의 체제는 어떤 이유로 좌초했는가? 19세기의 거의 한 세기 동안 처절하게 투쟁한 끝에 겨우 현실 속에

17 사미르 아민, 『주변부 자본주의론』, 정성진 외 옮김, 돌베개, 1985. 한편, 제정러시아와 소비에트 연방을 근대 세계자본주의 체제의 '주변주'로 설정함으로써 전 세계적인 자본주의의 역사가 계속 진행되는 과정으로 간주하려는 시도도 있다. Борис Кагарлицкий, *Периферийная империя: Россия и миросистема*, Ультра.Культура, 2004[보리스 카갈리츠키, 『주변부 제국: 러시아와 세계체제』]. 이에 따르면 세계 자본주의는 아직 한 번도 결정적인 결절점을 맞이하지 않은 채 상승가도를 타고 있는 셈이다.

모습을 드러낸 원대한 해방의 이념은 어떻게 좌절했는가? 만일 역사의 어떤 지점에서, 혹은 누군가에게 그 책임을 물을 수 있다면, 바로 그 문제적 장면을 소환하고 되새겨봄으로써 만회의 실마리를 잡을 수 있지 않을까? 그 무엇도 아니라면, 애초에 맑스의 혁명적 이론 자체가 실패를 안고 시작될 수밖에 없던 결함 있는 사상은 아니었는가? 갖가지 추론과 논쟁이 줄을 이었고, 혁명의 주역들 중 누군가는 책임을 져야 할 분위기였다. '독재자'로 이름이 높은 스탈린이 가장 유력한 대상이었지만,[18] 레닌 역시 완전히 면제되기는 어려워 보였다. 앞서 우리가 살펴보았듯, 레닌은 맑스와 엥겔스의 혁명사상을 현실화시킨 가장 '위대한' 혁명가로 칭송받았으나, 동시에 그의 '스승들'의 이론적 원안을 강하게 '비틀어' 실행시킨 장본인이었기 때문이다.[19]

2017년, 혁명 100주년을 맞이하여 지젝은 레닌의 유산을 재검토하며, 왜 다시금 레닌주의가 문제화될 수 있는지, 즉 우리에게 만일 혁명이 미래시제로서 아직 남아있다면 어떤 점에서 레닌을 참조해야 하는지 묻고 답한다. 그에게 레닌이라는 이름은 '진리의 정치'를 가리키는 내용 없는 기표

18 로빈 블랙번 편저, 『몰락 이후: 공산권의 패배와 사회주의의 미래』, 김영희 외 옮김, 창작과비평사, 1994, 23-24쪽.

19 정성진, 「레닌의 사회주의론 재검토」, 제8회 맑스코뮤날레 엮음, 『혁명과 이행』, 한울, 2017, 88-91쪽.

에 해당된다. 유일무이한 절대적 진리치가 선험적으로 있다는 전통적 관념을 떠나, 순수 기표로서의 진리는 미리 정해진 내용을 갖지 않는다. 모든 것은 주어진 정세에 대한 분석적 노동을 통해 (재)해석되고 (재)배치되어야 한다. 중심과 주변에 대한 우리의 통념도 이를 피할 수 없다. 여기서 중요한 논점 하나를 짚고 가자.

맑스주의 논쟁사에서, 그리고 우리의 논제에서 중심과 주변은 늘 국가간 정치(international politics)의 은유로서 사용되었다. 서구와 비서구, 유럽과 동양, 선진국과 후진국, 제1세계와 제3세계 등을 근대 세계 자본주의 체제의 관점에서 설명하기 위해 동원된 것이다. 그러나 레닌이 러시아를 혁명의 진원지로 설정하기 위해 자본주의 발전사를 연구했던 데서 살펴보았듯, 중심과 주변의 관계는 대단히 유동적일뿐더러 상호 전치의 관계에 있다. 비록 지금이 역사적 공산주의의 '실패'를 운위하는 시대이기는 하지만, 공산주의를 내세운 혁명은 러시아와 중국과 같은 주변부에서 일어났음을 돌이켜볼 때 중심/주변의 이분법은 정확하지 않거나 상당히 부적합한 은유에 불과한 것이다. 이는 식민주의와 탈식민주의의 관계에서도 드러나는바, 후자는 지배국과 피지배국의 명확한 영토관계로 분리되지 않고 내면화된 (무)의식의 구조, 사회문화적 관습과 규범, 사고와 행동의 관성 등을 통해 더욱 강력하게 작동하는 것이다.[20] 또한 만인이 평등한 시민사회의 법적·제도적 이념이 자리잡은 지 오래임에도 불구하고, '지구 최후의 식민지'로서 여성에 대한 억압이 공적인 항의의 모토가 된 것은 아주 최근의 일 아닌가? 이렇게 볼 때, 중심과 주변은 실체적으로 표상되는 어떤 대상이 아니라 주어진 상황에 따라 서로 다르게 배분되고 작용하는 정치적 힘을 가리키는 은유라 불러야 옳다. 정신분석적으로 말해, 상징과 실재가 복잡하게 교착하여 작동하는 지점들이 바로 중심부와 주변부다.

사이드의 오리엔탈리즘으로 돌아가 이를 보충해 보자. 18세기 이래 동양은 유럽의 타자로서 이미지화되었고, 이는 유럽의 자기의식을 배면에서 형성하는 방식으로 이루어진 과정이었다. 오늘날 우리가 알고 있는 유럽의 보편성, 즉 유럽중심주의라는 정체성은 이 시기에 동양의 타자화 및 주변화를 거치며 만들어진 자기표상이란 뜻이다.[21] 그렇다면 동양(주변)의 정체성은 어디서 찾을 수 있을까? 두 가지를 생각해 볼 법하다. 첫째, 유럽(중심)을 타자화하고 주변화함으로써 근대 유럽이 수행했던 자기 정체화의 과정을 역순으로

---

20 프란츠 파농, 『검은 피부, 하얀 가면』, 노서경 옮김, 문학동네, 2014, 4장.

21 이매뉴얼 월러스틴, 『유럽적 보편주의: 권력의 레토릭』, 김재오 옮김, 창비, 2008, 75쪽.

반복한다. 이것이 중심과 주변 사이의 역상관계를 되풀이하는 유희이며, 폭력적 거울관계의 역사적 복귀라는 점은 두말할 나위도 없다.[22] 둘째, 유럽에 의해 타자화되고 주변화되기 이전의 정체성, 유럽이라는 타자 없이 홀로 존속했던 본래적 자아 중심성을 발견하는 것. 민족과 전통, 토지와 언어, 문학과 문화의 순수한 기원을 되찾는 과제가 여기에 있다. 그 무엇이든 그 자체로 존립가능한 주체적 실체성을 회복하는 것. 물론 이 역시 불가능하다. 지젝의 논변에 따르면 "상실 이전에는 아무것도 없"었기 때문이다.

> 민족부흥운동 과정에서 생성중인 민족은 자신들의 현재의 성과를 귀중한 기원들을 상실했다는 관점에서 경험하며, 그리하여 그것을 다시 획득하기 위하여 노력한다. 하지만 사실상 나중에 잃어버린 기원들이라는 것은 존재하지 않는다. 왜냐하면 기원은 그것을 잃어버리고 다시 얻으려 분투하는 바로 그 체험을 통해서 구성되는 것이기 때문이다.[23]

중심에 의해 밀려나기 이전의 자기로서의 중심이란 없다. 주변부의 자기의식은 중심이 그러하듯, 그 자체로 타자

---

22 월러스틴, 『유럽적 보편주의』, 71쪽.
23 슬라보예 지젝, 『분명 여기에 뼈 하나가 있다』, 정혁현 옮김, 인간사랑, 2016, 226-227쪽.

를 통해 구성된 자기의식이다. 이것이 스스로를 '열등한' 대상이라 느끼고, 이로써 중심에 대한 적대를 강화하는 방식으로 구축된 것일 따름이다. 그런데 역사라는 실정적 시간의 흐름을 돌이켜 볼 때, 분명 타자화되고 주변화되기 이전에 무엇인가는 존재하지 않았겠는가? 그것은 과연 무엇인가? 시간을 거슬러 간다면, 당연히 과거에도 현재의 흔적을 새겨놓은 무엇이 존재했으리라. 하지만 그것이 지금-여기서 욕망하는 순수 기원과 동일한 것일 리는 없다. 마치 실재처럼, '선험적 기원'은 중심/주변의 상징적 기표들이 이항대립의 놀이를 통해 표상한 비-과거적인 것 아닐까? 근대 이전의 주변부는 오로지 근대성을 통해서만 상상되고 규정되는 근대적 표상이 아닐 수 없다.[24] 그러므로 근대성의 충격 이후, 중심이든 주변이든 모두 타자를 상정한 채 자기에게로 '떠밀려든' (무)의식, 그것의 중심화된 동시에 주변화된 기표에 다름 아니다. "자기의식은 오직 다른 자기의식 속에서만 스스로 만족에 도달한다. […] 자기의식은 또 하나의 자기의식과 대치해 있다. 이것이야말로 자기의식의 실태라고 하겠으니, 이제야 비로소 자기의식은 스스로가 타자화되는 가운데서 자기통일이 성립되는 것을 알 수 있다."[25] 따라서 중심

24 슬라보예 지젝, 『레닌의 유산: 진리로 나아갈 권리』, 정영목 옮김, 생각의힘, 2017, 28쪽.

25 게오르크 헤겔, 『정신현상학 1』, 임석진 옮김, 한길사, 2005, 218-219쪽.

이라는 실체는 없다. 주변이라는 실체도 없다. 있는 것은 단지 타자에 대해 자기 안으로 떠밀려든 (무)의식, 관계 속에서 조형되고 역동하는 힘일 뿐이다.

5. 사건화, 소수성과 생성

맑스주의 변증법을 오랫동안 지배해 온 주요한 개념적 장치는 모순이다. 역시 헤겔에게서 빌려온 이 관념론적 철학용어는 말뜻 그 자체로는 상호 대립하는 두 요소의 충돌을 가리킨다.[26] 그러나 헤겔-맑스의 사상적 지반 위에서 그 의미가 변용되는데, 하나의 사물을 대립하는 두 가지 규정의 통일 속에서 파악하는 변증법의 주요 요소로서 받아들여지기 때문이다. 흔히 동일률과 모순율, 양질전화라는 맑스주의 변증법의 도식을 통해 알려진 이 개념적 틀은 헤겔 변증법의 속류화된 판본인 정-반-합의 구조를 그대로 따르는바, 궁극적인 종합의 목적론적 테제를 충실히 반복하는 것이다. 서로

26 헤겔에 대해 존중과 비판의 양면적 입장을 분명히 드러내던 맑스와 달리, 맑스 사후의 엥겔스는 헤겔의 변증법을 적극적으로 수용해 프롤레타리아트의 개념적 무기로 활용할 수 있기를 기대했다. 실용적 측면이라는 단서를 달아야 하겠으나, 19세기 후반 그가 노동자 일반을 위해 집필한 여러 교육적 팜플렛들은 단순화된 헤겔주의적 용어들을 빈번하게 포함하는 형편이었다. 최진석, 『불가능성의 인문학: 휴머니즘 이후의 문화와 정치』, 문학동네, 2020, 134-136쪽.

반립하거나 혹은 평행하는 어떤 두 요소라도 변증법적 관계 속에 투입되기만 하면, 필연적 대립의 운동 속에 진입하게 되고, '지양'의 공정을 거치며 새로운 단계의 사물로 전화되어 버린다는 소비에트 맑스주의의 교설이 대표적이다.[27]

부정을 방법론적 기제로 원용하는 변증법의 전개는 분명 생산적이다. 그것은 다종다기한 현상들로 가득찬 이 세계가 어떤 대립들로 채워져 있으며, 시간적 진전에 의해 그런 관계가 어떤 변화를 낳는지 보여주고 확증한다. 달리 말해, 일견 서로 무관해 보일 수도 있는 두 요소가 적대적 관계에 놓일 수 있으며, 그것의 진행 여부에 따라 또 다른 관계를 생산할 수 있음을 드러내는 사유의 방법인 것이다. 우리가 줄곧 씨름했던 중심과 주변의 문제설정도 이 같은 변증법적 대립과 통일의 과정으로 치환되는바, 주인과 노예의 변증법을 부르주아지와 프롤레타리아 사이의 적대로 환원시켜 이해했던 역사를 돌아보면 쉽게 이해할 만하다.[28] 헤겔로부터 맑스로, 맑스에서 맑스주의의 역사로 연이어지는 사상의 흐

27 James P. Scanlan, *Marxism in the USSR*, Cornell University Press, 1985, ch. 3. 스탈린은 레닌의 제국주의론을 세 가지 모순을 통해 설명함으로써 철학적 이론을 혁명의 무기로 어떻게 전변시킬 수 있는지 예시했다. Joseph Stalin, *Essential Stalin. Major Theoretical Writings 1905-52*, Croom Helm, 1973, pp. 92-93.

28 게오르크 루카치, 『역사와 계급의식』, 박정호 외 옮김, 거름, 1993, 제3장.

름을 '근대적'이라 부를 수 있다면, 이는 모순의 변증법이란 표제를 통해 가장 명쾌하게 드러나는 진실일 듯하다.

모순의 개념이 언제나 종합을 전제하는 사유의 한 단계를 나타내는 한, 그것은 선 규정된 목적론적 특정성에 종속된 개념이 아닐 수 없다. 어떤 요소가 다른 요소와 대립관계로 묶여야 한다는 이유가 대체 어디에 있는가? 그런 이유를 제시할 수 있다면, 이는 이미 두 요소의 변증법을 통한 종합의 단계를 가정하고 있기 때문 아닌가? 더구나 대립이라는 정합적 적대가 현실 속에서 정확히 실현되는 경우가 거의 없다. 만일 우리가 자연과 사회에서 대립을 설정하려면 이에 투입되는 요소들 사이의 적대를 선험적으로 전제하고 있는 것일지 모른다. 무엇보다도 대립의 결과로 산출되는 종합이 '지양'이라는 어의대로, 부정과 상승의 발전을 지향하리라는 보장이 어디에 있는가? 현실의 수많은 종합적 사태들은 발전이기보다는 해체이기 십상이고, 더 많게는 예견된 의미를 찾을 수 없는 유실로 보여지곤 한다. 이 자리에서 해묵은 맑스주의 변증법 비판을 할 필요는 없겠다. 다만, 모순의 개념으로 자연과 사회의 역동을 설명하려던 근대적 사유는 바로 그 때문에 파산했고, 동일한 맥락에서 서로가 서로를 조건으로 자기형성하는 중심과 주변의 관계 역시 더 이상 유효한 맥락을 구성하기는 어려운 일이라 할 수 있다.

하지만 중심과 주변이라는 문제의식을 돌아보는 가운

데 우리는 중심이나 주변이 실체로서 존재하는 것이 아님을 이미 확인했다. 그것은 대타적(對他的)인 (무)의식으로서 타자와의 관계를 통해서만 떠밀려드는 감응의 소산이라 할 수 있다. 조금 자세히 풀어본다면, 자기의 정체성은 타자에 대한 (무)의식적 감응이 절합되어 만들어진 규정성이며, 이는 중심성이나 주변성 모두에게서 공통적으로 나타나는 특징이다. 이것이 (무)의식적 감응과 연관되어 있음에 주의하자. 지나가던 백인 여자아이가 엄마를 붙들며 "흑인이다! 무서워!"라고 외쳤을 때 당사자인 흑인은 자기가 흑인의 정체성을 갖고 있음을 깨닫고 백인에 대한 자기 정체성의 관계를 특정한 가치판단 속에 투입한다. 무엇 때문에 나는 작고 어린아이에게조차 '흑인'이라 (무례하게) 호명되고 (불쾌한) 두려움의 대상이 되는가? 다르기 때문이며 낯설기 때문이다.[29] 이런 부정적 감응이 형성하는 정체성 즉 흑인의 주체성은 이미 백인과의 관계 속에 위계화된 것이고, 이를 그대로 받아들이는 한, 중심에 대해 주변이 그러하듯, 기껏해야 역상의 관계로밖에 긍정성을 담보할 방법이 없다. 어느 쪽이든 거울 관계에서는 타자에 대한 규정을 통해 자기를 규정짓고, 다시 그 반대의 순환을 지속하는 것이 목적이기에 악순환의 모순은 끝나지 않을 것이다.

29 파농, 『검은 피부, 하얀 가면』, 109-110쪽.

역설은 모순을 대체할 만한 개념적 장치로 부각해 볼 만하다. '반대편' 혹은 '넘어'라는 뜻을 갖는 'para'와 '의견', '생각'을 지시하는 'doxa'로 이루어진 '패러독스'는 상호 모순된 진리, 성립하지 않는 논리, 비합리의 운동을 가리키기에, 오히려 탈목적론적 사유를 가동시키기에 충분한 출발점이 될 수 있다. 흑과 백이 서로 대립적인 색상이라는 사실과, 흑인과 백인이 서로 적대적인 인종이라는 사실은 전혀 동일한 맥락 위에 있지 않다. 우리는 흑백의 관습적 대립논리를 연장시켜 흑인과 백인의 적대를 가정하지만, 실상 그 관계의 하부에는 정치적이고 경제적인 적대가 있을 뿐이다. 관건은 이 적대를 다시금 중심과 주변, 선진과 후진, 서양과 동양 등의 온갖 기호학적 대립축으로 쉽게 환원시키지 않는 데 있다. 모순의 변증법이 그러하듯, 대립하는 두 요소의 자리바꿈이 문제의 발전적 해결(지양과 종합)을 반드시 노정하지는 않을 터이기 때문이다. 역설을 도입한다는 것은 실정적인 적대를 무시하거나 정신승리에 젖어도 좋다는 의미가 아니다. 근대적이라 명명할 만한 자동화된 개념의 범주로 돌아가지 않은 채, 대립과 적대적 관계 외부의 다른 요소, 다른 관계의 잠재성을 찾아 촉발하려는 활동을 가동해야 한다는 뜻이다.

이런 관점에서 소수적 생성에 주목할 필요가 있다. 소수는 주변과 다르다. 후자가 중심에 의해 타자화되고 위계화된 대타성을 지닌다면, 전자는 다수와의 대립을 통해 규정되는 것이 아니다. 물론 관습적으로 소수는 다수와 적대적일 수 있지만, 생성으로서의 소수는 다수와 모순이 아니라 역설적 비-관계를 이룬다. 예컨대 지구의 지배자는 인간인가 곤충인가? 어느 쪽이 다수인가? 숫자상의 형식적 논리만을 따진다면 곤충이 지배자가 아닐 리 없다. 인간이 곤충보다 우월하다고 주장하는 이유는 숫자가 많아서가 아니라 문명이나 문화 등으로 표상되는 척도를 지녔기 때문이다. 지배와 피지배의 기준을 자임하고, 이를 자의적으로 휘둘러 타자에게 강권을 휘두를 수 있다는 점에서 인간은 지구의 다수자임에 분명하다. 사정은 중심과 주변으로 표상되었던 유럽과 동양에 대해서도 마찬가지다. 인구수를 따질 때 중국과 인도를 합친다면 유럽이 그에 비길 만한 어떤 토대도 갖고 있지 않음은 자명하다. 그러나 근대 이후 과학기술의 발달을 통해 압도적인 무력과 정치력을 갖추게 된 유럽이 동양을 타자화하고 주변의 위계정치 속에 가두어 두었을 때, 전자는 후자에 대한 다수자가 되었다. 남성과 여성도 다르지 않다. 이 두 성별에 있어 다수와 소수는 숫자로 가려지지 않고, 역사적으로 구축된 지배질서의 보유 여부를 통해 결정된다. 남성동성사회의 가부장제 질서는 여성을 하위화하고 복종시키는 데 주력했기에, 여성은 실제 숫자나 약간의 예외에도 상관없이 항상 소수자였다.

소수성은 실체의 속성이 아니다. 그것은 척도 바깥의 실존, 지배적인 체계 '반대편'에 있기도 하지만 또한 그것을 '넘어서' 있는 역설의 실재를 가리킨다. 그러므로 중심이든 주변이든 구체적인 실체를 확보함으로써 소수성을 규명하거나 확증하려는 시도는 무익하다. 다수성은 척도라는 타자적 실정성에 의지하여 자기를 형체화하는 반면, 소수성은 언제든 어디서든 척도를 비스듬히 빗겨나감으로써 현행화되는 힘이기 때문이다. 소수성의 짝이 다수성이 아니라 생성인 이유가 이에 있다. 항상 생성하는 것은 기존의 척도로부터 판별되거나 포획되지 않기에 소수적이며, 소수적인 것은 척도 바깥에서 그리고 척도와 무관히 자기의 활동을 시작하기에 생성적이다.

> 문제는 다수성을 획득하는 것이 아니며, 새로운 상수를 세우는 것도 아니다. 다수적 생성은 없으며 다수성은 생성이 아니다. 모든 생성은 소수적이다. 여성은 그 숫자에 상관없이 소수자며, 그 상태나 부분집합으로서만 정의될 수 있다. 여성은 그들이 갖고 있지 못한 것의 생성을 가능하게 하면서만 창조할 수 있으며, 그들 스스로 그 생성 속으로, 여성-되기 속으로 들어간다. 이러한 여성-되기는 남자와 여자 모두를 포함하는 인간에 관련되어 있다.[30]

---

30 질 들뢰즈 · 펠릭스 가타리, 『천의 고원 1』, 이진경 외 옮김, 연구공간 너

여성조차 여성-되기의 생성 속에 있어야 한다는 단언은 우리 모두의 과제이자 도전이 된다. 늘 척도 가까이에서 척도에 예속되어 있던 남성에게는 척도 바깥으로 나설 것을 요구하기 때문이며, 척도의 주변에서 타자화되어 있던 여성에게는 척도와의 무의식적 관계마저 벗어날 것을 요구하기 때문이다. 우리의 주제로 이를 전치시켜 표현해볼 때, 주변은 주변적 (무)의식마저 탈각해야 한다. 그것은 항상-이미 중심에 대한 대타의식의 소산이고 주변부 내에서 다시 중심과 주변을 구별하는 중심의 자기의식을 낳고야 말 것이다.

6. 이행과 역설의 유-토피아

역설(逆說)은 역-설(易-說)이자 역-설(譯-說)이다. 자기 몸에 익숙해 있던 중심의 사유, 곧 다수성의 언어를 주변의 사유, 소수성의 언어로 '바꾸고' '옮기는' 작업인 까닭이다. 따라서 역설은 이행으로서의 생성과 다르지 않다. 당연하게도, 연착륙이나 순행을 함유하는 연속체를 상정할 수는 없다. 오히려 불연속적이고 절단적인 사건들의 우발적인 배치에 생성적 이행의 진리가 있을 것이다. "극한으로의 이행은 여전히

머, 2000, 112쪽.

끊임없이 신체로 귀속되는 비신체적 변환으로서 나타난다. 이는 죽음을 제거하는 것이 아니라 그것을 축소시키고, 그 자체를 변이하게 만드는 유일한 방법이다."[31] 그런데 과연, 이것이 가능할까?

모순이 아닌 역설로서 중심과 주변을 다시 사유한다면 어떤 사건이 벌어질까? 우리는 과연 그것을 사건이라 부를 수 있을까? 아마도 난생처음 보는 기괴한 장면, 익숙한 개념과 범주로 포착할 수 없는 낯선 모습을 목격한다면 그것이야말로 사건이라는 말의 정의에 부합하는 진정한 소수적 생성 아닐까? 차마 시적으로까지 보일 이 광경을 그로테스크라 불러도 좋을 터,[32] 다르게 '바뀐' 세계로 일순 '옮겨가버린' 유-토피아가 그것이다. 물론, 상상의 낙원으로서 이상향을 대안처럼 앞세울 생각은 전혀 없다. 단지 '존재하지 않는(ou-)' 동시에 '최상의(eu-)' 역설적 관념이 한데 엮인 장소성의 표지로서 유-토피아는 극한으로의 이행을 담보하지 않는다면 무의미한 언표에 불과할 것이다.[33] 불가능한 것에 대한 상상이되 또한 불가능성을 넘어서는 역-설적 이행의 조

---

31 들뢰즈 · 가타리, 『천의 고원 1』, 115쪽.

32 로트레아몽의 『말도로르의 노래』에 대한 푸코의 논평을 기억해 보자. 푸코, 『말과 사물』, 9쪽.

33 최진석, 『민중과 그로테스크의 문화정치학: 미하일 바흐친과 생성의 사유』, 그린비, 2017, 442-444쪽.

건을 찾고 현행화하는 것. 지금-여기서 주변이라는 낡은 관념을 사유하기 위해 요청되는 행위도 바로 이것 아닐까? 늘 중심과의 관계 속에서 주변부의 자기정의를 찾거나 그것의 고유한 울타리를 확보하려는 노력은 결과적으로 중심을 향한 이항대립적 거울관계를 벗어나지 못할 성싶다. 차라리 중심/주변의 이분법적 사유의 관성을 깨뜨리고 소수적 생성의 잠재성을 타진해 보는 일이야말로 주변의 사유를 확실히 끝내는 유일한 방법이리라. 반복하건대, 이는 정신승리를 구가하는 소외된 의식의 체념이나 착각이 아니다.

얼마 전 타계한 아나키스트 인류학자 그레이버는 우리가 평안하고 행복하게 살아간다고 느끼는 문명사회가 200년 이상 고도로 진화한 관료제 국가체계임을 명확히 보여주었다.[34] 산더미처럼 쌓인 서류더미와 결재라인, 첩첩이 둘러싸인 위계의 사다리가 사납게 우리를 옥죄지만, 그 안에서 평온을 느끼는 우리는 어느새 관료제 유토피아의 시민들이 되었다는 말이다. 보다 합리적이고 문명적인 수단을 통해 이 유토피아를 벗어날 길은 없다. 왜냐면 유토피아 자체가 합리와 문명의 소산이기 때문이다. 그것은 근대성이 일구어낸 중심/주변의 위계적인 구조적 복제물이며, 다수적 척도

---

34 데이비드 그레이버, 『관료제 유토피아』, 김영배 옮김, 메디치, 2016, 67쪽.

를 보편화한 결과물이다. 그러니 이 척도의 바깥에 서지 않는 한, 우리는 어떤 방식으로도 주변의 사유를 빠져나갈 수 없다. 주변성의 (무)의식을 소수적 활동으로 돌리는 것. 이는 어떻게 가능한 것일까? 중심에 갇힌 주변성, 또는 주변에 의거한 중심성의 고착된 (무)의식을 소수적인 것에 대한 사유로 급전시키는 탈주가 시작되어야 할 때다. 항상-이미 시작되고 있던 생성의 감각으로.

최진석

러시아인문대학교에서 문화학으로 박사학위를 받았고 2015년 『문학동네』를 통해 등단했다. 수유너머104 연구원으로 활동하고 있다. 저서로는 『불가능성의 인문학: 휴머니즘 이후의 문화와 정치』 『감응의 정치학: 코뮨주의와 혁명』 『민중과 그로테스크의 문화정치학: 미하일 바흐친과 생성의 사유』가 있으며, 역서로 『누가 들뢰즈와 가타리를 두려워하는가?』 『해체와 파괴』 『러시아 문화사 강의』(공역) 등을 펴냈다

자본의 자립화와 노동의 프레카리아트화

정용택

노동의 프레카리아트화

오늘날 노동의 주변성 내지는 주변화된 노동의 현실을 묘사하는 용어로 '프레카리아트'(precariat)만큼 학계에서 널리 쓰이면서도 여전히 논란이 분분한 개념도 없을 것이다. 이 개념의 주창자인 가이 스탠딩(Guy Standing)에 따르면, 프레카리아트는 원래 1980년대 프랑스 사회학자들이 일시직노동자, 계절노동자를 묘사하기 위해 처음 사용한 개념인데, 명칭에서 이미 드러나듯이 '불안정한'(precarious)과 후기 마르크스적 용법의 임금노동자계급(proletariat)을 합성한 신조어이다. 프레카리아트는 정확히 어떤 집단인가? 스탠딩은 전후 유럽에서 사민주의 정당과 노조들이 산업 프롤레타리아트를 위해 제시했던 의제, 곧 "산업과 관련된 시민 자격"에서 정식화된 일곱 가지의 노동 보장의 형태들, 즉 노동시장 안정성, 고용 안정성, 직업 안정성, 작업 안정성, 숙련 재생산 안정성, 소득 안정성, 대표 안정성을 최소기준으로 삼아, 이러한 보장이 결여된 노동자들로 그 실체에 접근한다.[1]

국내 연구자들은 스탠딩의 정식화를 대체로 따르면서, 한국의 프레카리아트의 실제 규모를 추산하는 작업들을 잇달아 수행해왔다. 우선 강남훈(2013)은 비정규직, 영세 자영업자와 무급 가족 종사자, 실업자 또는 숨은(사실상의) 실업자를 아우르는 불안정 노동자로 그 범주를 최대한 넓게 설정한 후에, 2012년 통계청 자료(『2011 가계동향조사』와 『경제활동인구조사』)를 활용하여 그 규모를 대략적으로 추정한 바 있다. 그에 따르면, 2012년 기준 "비정규직, 영세자영업자, 실업자, 숨은 실업자를 합친 불안정노동자는 모두 1,702만 7천 명"에 달했으며, 놀랍게도 이는 "경제활동인구의 62%"를 차지한다. 이에 더하여 "비경제활동인구에서 육아나 가사라고 대답한 사람 중에서 소득이 낮은 사람"과 "취업 준비를 위한 휴학생과 더불어서 외국인 노동자들까지 고려한다면 불안정노동자의 비중은 더욱 높아질 것"으로 내다봤다.[2]

---

1 가이 스탠딩, 『프레카리아트』, 김태호 역, 박종철출판사, 2014, 27, 23, 29-30쪽.

2 강남훈, 「불안정노동자와 기본소득」, 『마르크스주의 연구』, 제10권 2호(2013 여름), 21쪽. 한편, 강남훈(2019)은 2013년의 조사와 동일한 기

그렇다면 이러한 불안정 노동자의 비율이 전체 인구 중에선 어느 정도 비중을 차지할까? 이승윤 외(2017)에 따르면, 일단 한국에서 "프레카리아트 계급은 현재 시점에서의 불안정 노동 규모라기보다는 고용, 임금/소득, 사회보험에서 중첩적이고 지속적으로 불안정성을 경험할 가능성이 큰 계급적 지위를 가진 집단을 의미"한다. 노동자의 '불안정성' 및 '안정성'을 가름하는 다차원적 속성(고용 관계, 임금, 사회보험)을 기준으로 하여 그들은 취업자에 대해서는 저숙련 서비스 노동자와 생산직 노동자들이 불안정노동에 지속적으로 노출되어 프레카리아트화되어 가는 계급이라 규정하고, 미취업자에 대해서는 앞서 강남훈(2013)의 연구와 마찬가지로 장기 실업자와 잠재적 실업자를 프레카리아트화되어 가는 계급에 포함시킨다. 그리하여 이들의 연구에서는 미취업자와 취업자를 모두 합친 프레카리아트의 규모, 즉 "저숙련 서비스 노동자, 생산직 노동자, 잠재 실업자까지 포함하는

준을 적용하되, 이번에는 통계청의 2018년 8월 경제활동인구조사 결과를 가지고 가장 최근의 한국에서 프레카리아트의 규모에 대한 추정치를 제시한다. 결과는 2013년의 연구에서와 크게 다르지 않았는데, 그에 따르면 "비정규직, 영세자영업자, 무급 가족 종사자, '사실상 실업자'를 불안정노동자로 볼 때, 불안정노동자는 모두 1,692만 명으로, 확장경제활동인구(취업자 + 사실상 실업자 - 중복 제거) 2,976만 명의 56.85%에 해당한다. 실업자가 과소 추계되는 경향을 고려하면 대략 60%의 노동자가 불안정노동자라고 할 수 있다"(강남훈, 『기본소득의 경제학』, 박종철출판사, 2019, 132쪽).

프레카리아트의 규모는 2014년 전체 인구 대비 32퍼센트"에 달하는 것으로 나타났다.[3]

이상의 연구들을 통해서 현재 한국에서 프레카리아트가 경제활동 인구, 즉 전체 노동자 가운데서 60%를 차지하며, 전체 인구 가운데서도 30%가 넘는다는 점을 확인할 수 있다. 이는 "1990년대 중후반 이후 실업과 불안정 노동은 한국 시민의 정상 상태가 되었다"는 일각의 주장을 뒷받침한다.[4] 노동인구의 60% 이상이 불안정 노동자라면, 노동시장 자체가 불안정 노동을 중심으로 구성되어 있다고 보는 것도 전혀 무리가 아닐 것이다. 따라서 프레카리아트 또는 불안정노동자라 불리는 집단의 출현은 포드주의적 축적체제를 기반으로 하는 노동사회의 형태가 무너져버린 노동의 주변화인 동시에 그와 같이 주변화된 노동이 포스트포드주의적 축적체제의 중심을 이루고 있는 새로운 형태의 노동사회로의 이행을 표상한다. 노동의 주변화라는 문제설정을 프레카리아트의 관점에서 접근한다면, 주변화된 노동/프레카리아트화된 노동은 노동체제에서 더 이상 주변적인 현상이 아니다. 주변화가 아닐뿐더러 오히려 '노동의 프레카리아트화'(precarization of labour)가 동시대 노동체제의 중심적 특성

3 이승윤 외, 『한국의 불안정 노동자』, 후마니타스, 2017, 181, 190쪽.

4 장훈교, 『일을 되찾자』, 나름북스, 2019, 7쪽.

이다.[5]

그런데 지금까지 나온 프레카리아트에 관한 국내외의 연구들은 대체로 노동의 프레카리아트화가 노동하는 주체들, 또는 노동 가능하지만 노동하지 않거나 못하고 있는 주체들에 초점을 맞추어, 노동현장 안팎을 불문하고 발생하는 불안정성과 그러한 불안정성이 초래하는 생동적 위기(lived crisis)에 대한 개개인들, 특히 하층계급 노동자들의 취약성을 중심으로 노동의 프레카리아트화 현상을 규명해왔다. 반면에 이 글은 '자본'의 관점에서 노동의 프레카리아트화가 갖는 의미를 살펴보는 데 집중하고자 한다. 그것은 이 글이 기본적으로 마르크스주의 이론사에서 악명 높은 '주체로서의 자본'(Capital as Subject)이라는 관점을 채택하기 때문이다. 마르크스에 따르자면, "부르주아 사회의 모든 것을 지배하는 경제적 권력"[6]으로서, 자본주의 사회에서 역사의 주체(Subject)는 노동계급이 아니라 자본주의적 구성체를 구성하는 사회적 매개의 소외된 구조, 곧 '자본' 그 자체이다. 자본이 역사의 실체요, 주체이다. 완벽하게 헤겔적인 의미에서 자본은 '정신'(Geist, Spirit)이다.[7] 그렇기에, 우리의 질문은 다

5 임운택, 「금융시장 자본주의와 노동의 프레카리아트화」, 『경제와사회』, 107호(2015년 가을), 12-43쪽.
6 칼 맑스, 『정치경제학 비판 요강』 I, 김호균 역, 그린비, 2007, 79쪽.
7 Moishe Postone, "The subject and social theory: Marx and Lukács

음과 같다. 노동의 프레카리아트화는 자본주의적 역사 발전의 주체이자 노동사회의 지배자인 '자본'에게 어떤 의미를 갖는가? 자본에게 노동이란 무엇인가?

트레드밀 위의 자본주의

노동의 프레카리아트화를 자본의 관점에서 이해하려면, 사회체계의 차원에서 현대 자본주의 사회에 대한 명료한 개념적 정립이 먼저 요구된다. 이 글에서는 독일 경제사회학자 볼프강 슈트렉(Wolfgang Streeck)의 테제를 차용할 것인데, 그에 따르면 자본주의의 안정된 다양성을 넘어 자본주의 일반의 불안정한 공통성을 찾아낼 수 있기 위해 우리는 자본주의를 "내생적으로 역동적이고 역동적으로 불안정한 사회체계, 즉 팽창 성향이 있고 팽창에 의존하며, 대개 이런 이유 때문에 특히 오늘날 위태로운 상황에 처한 체계"로서 규정할 필요가 있다.[8] 자본주의를 역동적인 체계로 만드는 것은

on Hegel," in *Karl Marx and Contemporary Philosophy*, ed, Andrew Chitty and Martin McIvor (London: Palgrave Macmillan, 2009), 205-220; Kojin Karatani, "Capital as Spirit," *Crisis & Critique* Vol. 3, No. 3, 2016, 166-189; Stavros Tombazos, "Capital as 'abstraction in action' and economic rhythms in Marx," *Cambridge Journal of Economics* Vol. 44, No. 5, 2020, 1055-1068.

8 볼프강 슈트렉, 『조종이 울린다』, 유강은 역, 여문책, 2018, 361쪽.

무엇보다도 자본의 축적을 향한 충동이다. 축적을 향한 자본의 광기어린 강박, 가치증식을 향한 "경제적 이성의 광기"[9]야말로 자본주의라 불리는 역사적 사회질서가 지닌 지향적 동역학의 첫 번째 계기를 구성한다. 자본의 축적이란 자본이 낳은 잉여가치를 다시 자본으로 전환하는 것을 말하기 때문에, 결국 자본운동의 목적은 잉여가치의 무한한 축적이라 할 수 있다. 요컨대, 자신의 목적 추구를 향한 자본의 끊임없는 운동으로 인해 자본주의는 내생적으로 역동적인 체계가 된다.

이를 설명하기 위해, 마르크스는 개별 자본가의 통제 범위 내에 있음으로 인해, 그들에게 생산성 증대에 대한 직접적 동기를 부여하는 상대적 잉여가치 증대의 두 번째 형태, 정확히는 상대적 잉여가치가 개별적 자본 하에서 취하는 독특한 형태인 '특별잉여가치' 개념을 도입한다. 마르크스에 따르면 모든 상품가치를 결정하는 것은 (그것의 생산을 위해 요구되는 사회적으로 필요한 노동시간이 아니라) 노동력 상품의 가치가 결정되는 방식에서 가장 명확히 드러나듯이 그 상품의 '재생산'을 위해 요구되는 사회적으로 필요한 노동시간이다.[10] 특별잉여가치는 기술혁신에 성공한 특정 기업의 생

---

9 데이비드 하비, 『자본주의와 경제적 이성의 광기』, 김성호 역, 창비, 2019.

10 카를 마르크스, 『자본』 I-1, 강신준 역, 길, 2008, 547쪽; 마르크스, 『자

산성과 동일한 생산부문의 평균적 생산성의 차이, 즉 새로운 기술을 사용하여 생산한 상품의 개별적 가치와 그 "상품의 생산에, 따라서 또한 재생산에 필요한 노동시간에 의해서 규정"되는 상품가치인 사회적 가치의 차이에 의해 획득되는 산업자본 특유의 '추가 잉여가치'를 뜻한다.[11] 상품의 가치는 곧 재생산을 위한 사회적 필요노동 시간에 근거한 사회적 가치이기 때문에 특별잉여가치는 그러한 사회적 가치와 생산성 증대에 성공한 특정 기업의 개별적 가치 간의 차이로서 주어진다.

이처럼 특별잉여가치야말로 개별 자본가들이 끊임없이 생산성을 올리려고 하는 동기를 부여하고, 경쟁을 강제하기 때문에, 자본은 사회 전체의 생산성을 증대시키게 된다. 이전의 그 어떤 사회들과도 비교할 수 없는 생산의 팽창이 자본주의 사회에선 가능한 이유가 바로 이 특별잉여가치를 핵심으로 하는 상대적 잉여가치에 있는 것이다. 그런 점에서 특별잉여가치는 산업자본을 통해 극대화되는 자본의 상대적 잉여가치 및 생산성 증대의 핵심적인 논리를 구현하는 것으로서 가치증식(valorization)의 확장이라는 자본주의적 생산의 궁극적 동기를 표상한다. 앞서 말한 자본주의를 내생적

본』 Ⅱ, 2010, 475쪽; 마르크스, 『자본』 Ⅲ-1, 2010, 155쪽.

11 마르크스, 『자본』 Ⅰ-1, 255쪽.

으로 역동적인 사회체계로 만드는 지향적 동역학의 두 번째 계기는 이와 같이 상대적 잉여가치 생산으로 나타나는 지속적인 생산성 증대의 강박이라 할 수 있다. 마르크스의 표현대로, "상품의 가격을 떨어뜨리고 그럼으로써 노동자 자체의 가격을 증대시키는 것은 자본의 내재적 충동이자 끊임없이 지속되는 경향이다."[12] 이로써 자본주의는 모순적이게도 "내생적으로 역동적이고 역동적으로 불안정한 사회체계"라는 슈트렉 테제의 앞부분, 즉 지향적으로 역동적인 사회질서로서의 자본주의의 성격이 해명되었다. 하지만 그것은 절반의 이야기일 뿐이다. "그 자체의 역사적 형태를 지속적으로 훼손해야만" 하기 때문에, 즉 영구적 위기에 시달리기 때문에 자본주의가 역동적으로 불안정한 사회체계이기도 하다는 슈트렉 테제의 뒷부분은 어떻게 설명할 수 있을까? 이 역시 특별잉여가치를 통해 설명이 가능한데, 정확히는 특별잉여가치의 '일시적 경향'에 그 답이 있다.

기술혁신을 통해 생산성을 비약적으로 증대시킨 특정 기업에서는 시계로 측정된 구체적 재생산 노동시간이 예전보다 그리고 같은 시기의 경쟁자들보다 단축되었을지라도, 그러한 혁신이 그 기업에만 한정되기 때문에, 즉 개별적 가치가 아니라 '사회적' 가치를 규정하는 추상적 시간으로서의

---

12 마르크스, 『자본』 I-1, 446쪽.

'사회적으로 필요한' 재생산 노동시간에는 아직 변화를 초래하지 못했기 때문에, 선진 기술을 가진 해당 기업은 경쟁자들보다 신속하게 생산하면서 추가 잉여가치를 획득할 수 있었다. 그 얘기인즉슨, 그 선도적 기업들이 경쟁자들보다 주어진 시간에 노동력을 더욱 많이 착취할 수 있었다는 것이다.[13] 하지만, 다른 기업들도 경쟁에서 살아남기 위해 그들의 생산성을 증대시켜야 하므로, 동종 산업부문에서 상품을 생산하는 데 필요한 평균적인 재생산 노동시간이 전반적으로 감소하는 경향이 나타난다. 문제는 그렇게 되면, 사회적 가치가 재조정됨으로써 혁신된 생산방식에서조차도 개별 상품들의 가치가 다시 줄어든다는 것이다. 이는 증대된 생산성이 단위 시간당 생산된 사용가치의 총량을 아무리 증가시킬지라도, 그것은 단위 시간당 창조된 가치의 크기에선 단기적인 증가를 낳을 뿐이기 때문이다. 즉, 일단 생산성 증대가 일반화되면, 재생산을 위한 사회적 필요 노동시간은 재규정되고, 단위 시간당 가치의 크기는 그 기본 수준으로 다시 떨어지기 때문이다.[14] 클라이먼이 지적하듯이, "생산성 증대는 더 많은 신규 가치가 창조되게 하지 않는다. 같은 양의 가치가 더 많은 품목들 사이에 '나눠지고', 그래서 생산성 증대는 개

13 마르크스, 『자본』 I-1, 444-445쪽.
14 마르크스, 『자본』 I-1, 101-102쪽.

별 품목의 가치를 감소하게 한다. 다시 말해 사물이 더 값싸게 생산될 수 있다. 그리고 사물들이 더 싸게 생산될 수 있기 때문에, 그 가격이 하락하는 경향이 있다."[15]

개별 자본의 관점에선 오직 가치증식을 위해 기술혁신을 통한 생산성 증대를 추구했을 뿐인데, 그러한 혁신이 '경쟁의 강제법칙'을 따라서 산업부문 전체에 걸쳐 일반화됨으로써 사회적 가치를 규정하는 사회적 필요 재생산 노동시간이 감소하여 개별 상품의 가치량이 다시 줄어들어 버린 것이다. 그런데 이런 상황에서도 기업들은 생산성 증대를 향한 기술혁신을 멈출 수 없다. 잉여가치를 획득할 수 있는 다른 방법이 없기 때문에, 특별잉여가치가 일시적으로만 획득되고 이후에 가치량이 다시 떨어질 것이 예상됨에도 불구하고 생산성 증대를 추구하는 일이 반복된다. 결과적으로 생산의 평균속도가 증가하기 때문에, 모든 기업들은 단지 생존을 도모하기 위해 더욱 더 생산성을 높여야만 하고, 가치량이 줄어들면 다시 예전과 동일한 양의 가치를 생산하기 위해 생산성을 증대시키는 무한루프에 빠지게 되는 것이다. 그 결과가 포스톤이 "트레드밀 효과" 또는 "트레드밀 동역학"(treadmill dynamic)이라 부르는 자본주의적 생산양식 특유의

---

15 앤드루 클라이먼, 『자본주의 생산의 실패』, 정성진 · 하태규 역, 한울, 2013, 38쪽.

'변형과 재구성의 변증법'이다.[16] 'tread'(밟다)+'mill'(방아)의 합성어인 트레드밀, 일명 런닝머신, 더 적나라하게 말하자면 '다람쥐 쳇바퀴'처럼 동일한 장소에 머무르기 (동일한 가치를 생산하기) 위해 계속해서 더 빨리 달려야만 하는 (더욱 생산성을 높여야만 하는) 벗어날 수 없는 조건이 자본주의의 역사적 동역학을 규정한다.

아른트의 설명대로, "다람쥐가 쳇바퀴에서 위로 기어오르려고 하지만 곧 다시 밑으로 떨어지는 것처럼, 개별 자본가들은 이윤을 평균수준 이상으로 높이려고 하지만, 지속적으로 생산성 수준이 증가해야만 유지되는 원래의 출발수준으로 항상 되돌아가게 된다."[17] 자본주의의 "변화를 계속하고 있고, 재생산을 진행하고 있는 비선형적 동학"이 마치 사람들이 트레드밀 위를 달리는 것처럼, 또는 다람쥐가 쳇바퀴를 도는 것처럼 나타나고 있는 셈이다.[18] 이는 결국 재생산 속도가 빨라지기 때문에, 따라서 기업들이 그저 생존하기

---

16 Moishe Postone, *Time, Labor and Social Domination: A Reinterpretation of Marx's Critical Theory* (Cambridge: Cambridge University Press, 1993), 288-291.

17 안드레아스 아른트, 「시간의 경제—역사적 관점에서 본 노동사회」, 『21세기 자본주의와 대안적 세계화』, 제3회 맑스코뮤날레 조직위원회 편, 문화과학사, 2007, 706쪽.

18 Max Ward, "Historical difference and the question of East-Asian Marxism," in *East-Asian Marxisms and Their Trajectories*, ed, Joyce C.H. Liu and Viren Murthy (New York: Routledge, 2017), 98.

위해선 더 많이 생각해야만 하고 동일한 양의 가치를 계속 해서 생산해야만 하는 강박에 시달리고 있다는 것을 의미한 다.[19] 바로 이러한 트레드밀 효과가 생산성 증대에 대한 추 구를 영원히 끝나지 않는 과정으로 만들어 버린다. 단기적인 잉여가치 증가라는 미명 하에 생산성 증대를 강요하는 트레 드밀 동역학을 통해서 우리는 더 높은 수준의 생산성을 위 한 자본주의적 추동력뿐만 아니라 그것이 지닌 불안정성도 함께 이해할 수 있게 된다. 그런 점에서 트레드밀 효과는 자 본주의 사회의 모순적인 동역학, 즉 "내생적으로 역동적이고 역동적으로 불안정한 사회체계"로서의 성격을 가장 풍부하 게 드러내는 문제틀이라 할 수 있을 것이다.

영(零)가치, 영(零)제도

축적을 향한 무제한적 충동에서 비롯된 자본의 생산성 증대 의 강박이 트레드밀에 비유되는 자본주의 특유의 지향적으 로 역동적이면서 불균등하고 비선형적인 성장 궤도를 만들 어낸다. 중요한 것은 트레드밀 효과가 지속적으로 발효되면 서 생산은 갈수록 직접적 인간노동을 대체하는 과학기술 및 지식의 적용에 의존하게 된다는 점이다. 생산성 증대에 관한

19 Postone, *Time, Labor and Social Domination*, 289.

자본의 강박이 생산과정에서 과학기술 및 지식의 중요성을 점점 커지게 만들어 '기계에 의한 노동의 기술적 대체'를 가속화하는 것이다.[20] 뿐만 아니라 자본의 동역학은 사회적으로 일반적인 지식, 이른바 '일반지성'(general intellect)의 거대한 축적을 생성한다.[21] 결과적으로 트레드밀 동역학의 장기적 경향이 인간의 직접적 노동시간에 기초한 생산과정, 특히 가치를 기반으로 하는 프롤레타리아적 노동과정을 점점 더 잉여적이고 시대착오적이게 만들어 버린다.[22]

문제는 아무리 생산성 증대를 통해 상품생산에서 살아 있는 노동력을 퇴출시킨다고 하더라도, 애초에 그러한 생산성 증대의 목적이 자본을 가치증식하려는 데 있기 때문에, 자본의 이윤이 그 원천을 생산적 노동으로부터의 잉여가치의 전유에 두고 있다는 사실에는 변함이 없다는 것이다. 그

---

20 랜들 콜린스, 「중간계급 노동의 종말」, 이매뉴얼 월러스틴 외, 『자본주의는 미래가 있는가』, 성백용 역, 창비, 2014, 78쪽.

21 맑스, 『정치경제학 비판 요강』 II, 382쪽.

22 Moishe Postone, "The task of critical theory today: Rethinking the critique of capitalism and its futures," in *Globalization, Critique and Social Theory: Diagnoses and Challenges* (Current Perspectives in Social Theory, Volume 33), ed, Harry F. Dahms (Bingley: Emerald Group Publishing Limited, 2015), 19; Moishe Postone, "The Current Crisis and the Anachronism of Value," in *Marx's Capital After 150 Years: Critique and Alternative to Capitalism*, ed, Marcello Musto (New York: Routledge, 2019), 103.

러므로 우리는 하나의 심오한 모순과 맞닥뜨린다. 상대적 잉여가치 생산, 더 정확히는 자본의 가치증식을 위해 시도되는 생산성 증대의 결과로 정작 가치증식의 전제이자 상품가치의 실체로서의 노동력을 생산과정에서 퇴출시키는 자본의 모순 말이다. 쉽게 말해, 가치와 그것을 생산하는 노동이 점점 더 잉여적이고 시대착오적이게 되어가면서도 자본에 구조적으로 필요한 것으로 계속 남아 있는 모순이라 할 수 있다. 포스톤의 언명대로, "자본주의의 기본적 모순은 사회적 관계들 및 부의 형태뿐만 아니라 생산양식의 구체적 형태가 그 체계의 물질적 부 창조적 잠재력의 관점에서 시대착오적이게 될 때조차도 가치에 의해 여전히 결정된다는 사실에 바탕을 두고 있다."[23] 예를 들어 기업들이 경쟁력을 높이기 위해 과학기술 및 지식을 생산과정에 적용하는 기계화·자동화·디지털화 따위를 추진하면 할수록 의도하지 않게 실질적으로는 가치가 전보다 줄어들고 현상적으로는 이윤율이 저하되는 그런 자기모순에 자본이 직면하게 된다는 것이다.[24]

생산과정에서 점점 쓸모없어지고 있지만 자본의 가치증식을 위해 여전히 필요한 것으로 남아 있는 잉여노동(잉여가

---

23 Postone, *Time, Labor and Social Domination*, 232.

24 데이비드 맥낼리, 『글로벌 슬럼프』, 강수돌·김낙중 역, 그린비, 2011, 128-129쪽.

치를 창출하기 위해 요구되는 노동력)의 지속적인 생성이 자본가-노동자 간의 계급갈등을 넘어선 현대 자본주의의 심층적이고 근본적인 모순이다. 마르크스 역시 자본을 자기모순적인 운동으로 정확히 인식했다. "자본 자신은 노동시간을 최소한으로 단축하기 위해 노력하는 반면, 다른 한편으로는 노동시간을 유일한 척도이자 원천으로 정립함으로써 진행되는 모순이다."[25] 이러한 자본의 모순적인 운동으로 인해 노동은 점점 더 잉여적이고 시대착오적이게 되어가면서도 여전히 필요한 존재로 남아 있게 된다.[26] 마르크스가 관찰한 바와 같이 역설적이게도 "노동생산성이 높아질수록 노동자가 자신들의 고용수단에 가하는 압력이 더욱 커지고 따라서 노동자의 생존조건도 더욱 불안정(precarious)해지는 것"이다.[27] 노동이 극도로 불안정한 형태로, 그러나 여전히 필수적인 활동으로 유지되는 까닭이 바로 여기에 있다. 자본 축적의 강박이 임금노동자뿐만 아니라 (잉여가치를 생산하는 한에서) 생산적인 노동 그 자체를 잉여적/불필요한(superfluous) 것으로 격하시키면서 동시에 가치증식을 위해 그것을 필요한(necessary) 것으로 계속 남겨두는 모순적인 조건을 사회 전체에 부과하고 있기 때문이다. 따라서 노동의 프레카리아

25 맑스, 『정치경제학 비판 요강』 II, 381쪽.

26 Postone, *Time, Labor and Social Domination*, 197.

27 마르크스, 『자본』 I-2, 876쪽.

트화로 현상되는 노동사회의 변형 및 재구성은 자본주의의 역사적 발전단계 이전에 이와 같은 자본의 모순의 논리적 기원 속에서 이해될 필요가 있다.

현재 우리는 직접적 인간노동의 지출이 잉여적이고 시대착오적이게 되어가면서도 자본에 구조적으로 필요한 것으로 남아 있는 근본적 모순의 가장 극단적인 형태를 '상품화된 지식 및 정보'에서 볼 수 있다. '디지털 네트워크 경제', 즉 "1990년대 중반 이후 IT산업의 급격한 발전과 인터넷의 상용화를 통해 광속으로 교환되는 정보(지식)가 최대의 부가가치를 만들어내는 새로운 경제구조"가 지배적이게 되면서 지식상품(knowledge-commodities), 정보상품(information commodities), 정보재(information goods) 등으로 불리는 다양한 형태의 상품들이 출현했다.[28]

그런데 2000년대 초반부터 2010년대 초반까지 한국 마르크스주의 경제학계에서 치열하게 전개되었던 '정보재 가치논쟁'을 통해 잘 알려졌듯이, 적어도 마르크스의 (노동)가치론에 준거했을 때 이러한 상품화된 지식 및 정보는 "일차적 생산에는 상당한 노동력이 투하되지만 일단 생산되고 나면 복사에는 거의 비용이 들지 않기 때문"에 그것의 가치를

28 김종한, 「'디지털 경제' 하에서 정치경제학의 주요 쟁점」, 『사회경제평론』 제15호(2000), 144쪽.

어떻게 규정할 것인가를 둘러싼 중대한 논쟁이 형성된다.[29] 요컨대, 상품화된 지식 및 정보는 거의 제로비용(zero cost)으로 아무런 인간노동이 지출되지 않고서도 무한히 재생산될 수 있기 때문에 그 가치는 제로(zero)에 이르는 경향이 있다는 것은 물론이고, 더 나아가 생산과정에 직접적으로 적용되는 노동이 급격히 축소되는 정도를 넘어서 완전히 사라져 버린다는 문제가 발생하는 것이다. 예를 들어 산지니가 『문학/사상』을 전자책으로 개발하여 자사의 홈페이지에 올려두고 독자들로 하여금 삼성페이나 카카오페이로 결제한 후 PDF 파일로 다운로드 받아서 읽을 수 있게 했다고 가정해 보자. 이 경우 생산자인 산지니는 『문학/사상』을 재생산하는 데 아무런 비용(노동)을 지출하지 않은 것이다. 인쇄노동자의 필요노동시간을 초과하는 잉여노동시간으로부터 잉여가치를 전유할 노동력이 재생산과정에 전혀 지출되지 않았기에 과연 이 전자책이 상품으로서의 가치를 갖고 있는지조차 노동가치론으로 설명하기 어려워진다.

로타와 테세이라(Rotta and Teixeira, 2019)의 접근은 정보재가 상품으로서 어쨌든 가치를 갖고 있긴 하되, 양적으로 이 가치는 영(零, zero)으로 간주해야 한다고 주장함으로써,

29 강남훈 외, 『정보재 가치논쟁』, 한신대학교출판부, 2007; 안현효, 「기본소득의 가치론적 기초: 정보재 가치 논쟁 재론」, 『마르크스주의 연구』 제9권 4호(2012 겨울), 90쪽.

이 문제에 대한 가치형태론적 관점에서의 설득력 있는 답변을 제시한다. 만일 상품화된 지식 및 정보가 정말 무(無)가치물에 불과하다면, 그것은 당장 상품이 되기를 중단해야만 한다. 그러나 현실적으로 그렇지 않다면 정보재를 단순히 가치 없는 상품, 무가치물이라 말하기보다는 영(零)가치를 지닌 상품화된 지식 및 정보라고 말하는 것이 가치의 척도로서 노동시간이라는 규정을 유지하면서 정보재를 노동가치론의 틀에서 더 잘 설명할 수 있다. 그들에 따르면, 정보재가 영(零)가치를 지닌 상품이라는 사실은 "물체의 온도가 섭씨 0도인 상황과 어쩐지 유사하다. 비록 양적으로 섭씨 눈금상 온도가 영(零)이라 할지라도, 물체의 속성(이 유비에선 사회적인 속성이 아니라 물리적인)으로서의 온도는 그 물체의 구성입자의 운동에너지로서 현존한다."[30]

영(零)가치를 지닌 정보재는 특별잉여가치를 향한 생산성 증대의 강박으로 특징지어지는 자본주의 특유의 트레드밀 동역학의 끊임없는 작용이 현대 자본주의 사회에서 노동의 역할과 지위에 대하여 어떤 결과를 초래하는지를 징후적으로 담아낸다. 상품화된 지식 및 정보가 지닌 영(零)가치는 한편으로 직접적 인간노동이 생산과정에서 잉여적이고 시

30 Tomás Rotta and Rodrigo Teixeira, "The Commodification of Knowledge and Information," in *The Oxford Handbook of Karl Marx*, ed, Matt Vidal et al (Oxford: Oxford University Press, 2019), 385.

대착오적이게 되면서도 다른 한편으로는 정보재가 시장에서 보편적 등가물(화폐)과 상품으로서 교환될 수 있도록, 즉 여전히 상품의 가치를 생산하는 노동(실천적으로 추상적인 노동)의 산물로 사회적 타당성을 얻을 수 있도록 노동이 가치의 실체로서 필요한 것으로 남아 있는 모순을 가장 극단적으로 현시한다. 하지만 여기에서 한발 더 나아간다면, 정보재가 지니고 있는 영(零)가치의 보다 사회학적인 함의에 대해 지적할 수 있다. 상품화된 지식 및 정보의 재생산에 필요한 직접적인 인간노동시간이 0시간에 이르고 있다. 그래서 0이라고 봐도 무방할 정도로 그것에 저장된 노동가치의 양이 아주 미미하다. 그럼에도 불구하고 사회 전체적으로 볼 때 그것이 여전히 가치를 생산하는 추상노동의 산물로 간주되고 있다면, 오늘날 상품의 가치와 그것을 생산하는 노동의 범주는 사회의 불가능성을 표상하는 텅 빈 기표 같은 것이라 생각해볼 수 있지 않을까. 어쩌면 레비스트로스가 착상해내고 슬라보예 지젝이 발전시킨 어떤 흥미로운 개념이 이에 대한 유용한 실마리가 될 수도 있으리라.

일찍이 레비스트로스는 『구조인류학』에 수록된 한 논문에서 브라질 보로로족(族)의 결혼 규례를 분석한 바 있다. 그는 이 부족이 북쪽 주민들과 남쪽 주민들로 분할되어 있다고 설명하는데, 정작 이러한 분리가 수행하는 역할이 불분명하다고 지적한다. 그에 따르면, 이 부족 사람들을 남과 북으로 나누는 축은 "보로로족의 사회가 존재하도록 허용하는 것을 외에 아무런 기능도 하지 않는다." 이 무의미한 듯 유의미한 제도를 도대체 어떻게 이해해야 할까? 여기서 레비스트로스는 독창적인 해석을 제시한다.

> 이 가설은 확실히 현장에서 검증되어야만 한다. 그러나 연구가 영(零)가치(zero value)로 특징지을 수 있는 제도적 형태로 우리를 인도하는 것은 전에도 종종 있어 왔다. 이러한 제도는 그것이 속해 있는 사회적 체계의 존재를 위한 필수적인 전제조건을 확립하는 것 외에 다른 아무런 본질적 속성도 갖고 있지 않다. 그러한 제도의 현존—그 자체로는 의미 없는—이 사회 체계가 전체적으로 존재할 수 있게 해준다는 것이다.[31]

주지하다시피, 지젝은 여러 저작들에서 레비스트로스가 말한 영(零)가치의 제도적 형태를 "모든 사회적 제도가 중립적이지 않고 근본적이고 구성적인 적대적 분열에 의해 과잉결정"되게 만드는, 그래서 그것이 "어떻게 규정될지를 둘러싼, 어떤 특수한 의미화로 채색될지를 둘러싼" 헤게모니 투

---

31 Claude Lévi-Strauss, "Do Dual Organizations Exist?," in *Structural anthropology*, trans, Claire Jacobson and Brooke Grundfest Schoepf (New York: Basic Books, 1963), 159.

쟁을 촉발시키는, 결국 "상징화할 수도, 설명할 수도, '내면화'할 수도, 타협할 수도 없는 외상적 핵심, 근본적 적대"의 "일종의 제도적 대응물"인 '영(零)제도'(zero institution)로 재정식화했다.[32] 영(零)제도는 "의미의 부재에 반(反)하여, 의미의 현존 그 자체만을 뜻하기 때문에 어떠한 실정적(positive) 의미도 없는 텅 빈 기표"로 정의된다.[33] 영(零)제도의 유일한 기능은 전(前)제도적 · 전(前)사회적 혼돈에 맞서 사회적 제도 자체의 현존과 현실성을 나타내는 순전히 부정적인(negative) 것일 뿐이다.[34]

인류학자 레비스트로스에게 '영(零)가치'를 지닌 제도가 모든 사회에서 필수불가결한 요소로 파악되었듯이, 철학자 지젝에게 영(零)제도가 "어떤 규정된 사회적 차이를 나타내기 이전에 이 차이 자체를 나타내는 분열"로 지각되듯이, 노동의 프레카리아트화를 초래하고 있는 포스트포드주의적 노동사회에서 이제 영(零)가치를 지닌 노동은 어떠한 실정

---

32 슬라보예 지젝, 「매트릭스, 가해자의 히스테리 또는 새도매저키즘의 징후」, 지젝 외, 『매트릭스로 철학하기』, 이운경 역, 한문화, 2003, 300-307쪽; 지젝, 「계급투쟁입니까, 포스트모더니즘입니까?: 예, 부탁드립니다!」, 슬라보예 지젝 · 주디스 버틀러 · 어네스토 라클라우, 『우연성, 헤게모니, 보편성』, 박대진 · 박미선 역, 도서출판b, 2009, 165-167쪽.

33 지젝, 「매트릭스, 가해자의 히스테리 또는 새도매저키즘의 징후」, 302쪽.

34 지젝, 「계급투쟁입니까, 포스트모더니즘입니까?: 예, 부탁드립니다!」, 167쪽.

적·규정적 의미도 없이 단지 가치의 의미 자체의 현존만을 의미화하는 텅 빈 기표로서 이해될 수 있다. 거대한 물질적 부를 생산하는 자본의 생산성에 직면하여 생산과정에서 직접적 인간노동을 유지하는 것이 점점 더 시대착오적이게 되더라도, 가치형태의 기저를 이루고 있는 인간노동이 자본의 가치증식의 토대로서 계속해서 필수적인 것으로 남아 있다는 점에서, 영(零)가치를 생산하는 노동은 자본주의적 가치법칙과 가치를 생산하는 노동이라는 제도의 현존과 현실성 그 자체만을 알려줄 뿐 그 외에 아무런 규정적 기능도 하지 않는 순전히 부정적인 영(零)제도이다.

역(逆)자본주의 시대의 노동

지향적으로 역동적인 트레드밀 동역학이 자본주의의 역사적 과정 동안 지속적으로 작동하면서, 마침내 20세기 후반에 이르러 역사적 자본주의는 지금까지의 생산성 증대의 역사에서 질적인 단절을 표상하는 이른바 3차 산업혁명을 맞이하게 된다. '디지털'과 '네트워크'의 결합에 기초한 정보혁명으로도 불리는 3차 산업혁명의 특징은 극소전자공학(microelectronics)이 생산 전반에 있어서 철저한 구조조정을 자극하여 직접적 인간노동이 이전에 갖고 있었던 중심적 중요성을 상실하고 생산에 대한 과학기술 및 지식의 적용이 보다 중요한 역할을 맡게 된다는 데 있다. 문제는 이러한 격변이 자본의 가치화에 파괴적인 결과를 초래한다는 점이다. 기술진보와 더불어 생산과정에서 직접적 인간노동을 대규모로 퇴출시키면서 가치증식의 운동 목적 그 자체의 동력이었던 잉여가치의 원천, 즉 가변자본이라 불리는 노동력마저도 고갈되었기 때문이다. 가치증식을 목표로 하는 선진화된 상품사회의 과대한 생산성이 상품가치의 실제적 실체로서의 인간 노동력의 역설적인 퇴출에 의존하는 모순적인 상황, 마르크스의 표현을 빌리자면 "이 기초를 공중에서 폭파하기 위한 물질적 조건들"이 구축되는 것이다.[35]

3차 산업혁명 이후로 자본주의는 생산과정에서 살아있는 노동력을 더욱 빠른 속도로 퇴출시켜 나가면서, 그와 더불어 오랜 시간에 걸쳐 일반적 이윤율이 하락하는 위기에 직면해왔다. 기술혁신의 결과 생산성은 증대하지만 가격은 오히려 하락하면서, 생산성의 증대로 이어지는 물질적 부의 거대한 발전이 구조적 과잉축적의 상황을 유발했기 때문이다. 그런 상황에서 많은 양의 자본이 생산적 자본의 영역에선 가치실현의 가능성을 발견할 수 없어서 가치잠식의 위기에 처한다. 이를 해결하기 위해 자본이 실물경제에서 금융시장으로 대거 도피하게 되면서, 특히 주식이나 채권에서부터 최신의 금융파생상품에 이르는 가공자본(fictitious capital)의 유

---

35 맑스, 『정치경제학 비판 요강』 II, 382쪽.

통과 더불어 역설적이게도 "가치 없는 가치증식"[36], "자본 가치화 없는 자본 축적"[37], "가치 없는 축적"[38] 등으로 표현되는 가장 높은 수준에서의 자본의 '자립화'(autonomization)가 일어난다. 1980년대부터 현재까지의 자본주의를 묘사하는 대표적인 양상인 '금융화'(financialization)가 바로 그렇게 시작되었다. 결국 제3차 산업혁명이 직접적 인간노동을 점점 더 쓸모없게 만들었을 뿐만 아니라, 자본 축적의 강조점마저 상품생산과정에서의 노동 착취로부터 미래 가치에 대한 기대로 전환시켜 버린 셈이다.[39]

영(零)가치를 지닌 상품들의 생산과 더불어 금융화를 자본 자립화의 일반적 원리들의 한 측면으로 파악하는 이들에 따르면, 금융화는 금융시장과 금융거래가 폭발적으로 증가하는 양적인 차원을 넘어, 그 자체의 토대인 가치를 창조하는 노동 및 잉여가치를 생산하는 한에서 생산적인 노동으로

---

36 Rodrigo Alves Teixeira and Tomas Nielsen Rotta, "Valueless Knowledge-Commodities and Financialization: Productive and Financial Dimensions of Capital Autonomization," *Review of Radical Political Economics*, Vol. 44, No, 4, 2012, 449.

37 Norbert Trenkle, "Labour in The Era of Fictitious Capital," *Contradictions: A Journal for Critical Thought*, Vol. 2, No. 2, 2018, 107.

38 Daniel Woodley, *Finance, Accumulation and Monetary Power: Understanding Financial Socialism in Advanced Capitalist Economies* (New York: Routledge, 2019), 72.

39 Trenkle, "Labour in The Era of Fictitious Capital," 109.

부터 자립화해나가는 자본의 가치화 운동의 고유한 경향으로서 규정될 수 있다. 그들의 말을 빌리자면, "금융화는 자립화의 특수한 역사적 파생물이며, 그 자체로 사용가치에 관하여 가치의 자립화이다. 금융화는 사용가치의 실질적 창출 및 유통으로부터 가치를 모순적으로 분리시킴으로써 가치 증식하려는 자본의 경향이다."[40] 다시 말해, 자본의 자립화의 금융적 차원으로서 금융화란 "가치형태들과 새로운 가치를 발생시키는 생산적 활동들 사이에 더 많은 층위의 매개를 도입"함으로써 "잉여가치의 원천을 훨씬 더 흐리는 추상적 부의 분리의 새로운 수준을 표상"한다.[41]

그리하여 노동 착취를 통한 가치의 생산은 이제 금융화와 더불어 가공자본의 형태를 띤 미래 가치에 대한 체계적 기대로 대체되었다. 자본 축적은 더 이상 상품 생산에서의 노동에 대한 착취가 아니라 주로 미래의 가공적 가치에 대한 청구를 표상하는 주식, 채권, 금융파생상품 같은 재산소유권의 대량 발행에 기초하게 된 것이다.[42] 결과적으로 포드주의적 노동사회를 가능하게 했던 전후(戰後) 자본주의의

40 Teixeira and Rotta, "Valueless Knowledge-Commodities and Financialization," 449.

41 Tomas Nielsen Rotta and Rodrigo Alves Teixeira, "The autonomisation of abstract wealth: new insights on the labour theory of value," *Cambridge Journal of Economics*, Vol. 40, No. 4, 2016, 1198.

42 Trenkle, "Labour in The Era of Fictitious Capital," 105.

황금기(Belle Epoque), 즉 자본은 가치증식하기 위해 노동을 필요로 했고, 노동자들은 노동력이라 불리는 허구적 상품을 팔(아서 생계를 유지하고 삶을 재생산하)기 위해 자본의 가치증식 운동이 정상적으로 작동하기를 원했던 시대, 바야흐로 자본-노동의 관계가 표면적으로는 갈등적이면서도 심층적으로는 상호의존적인 성격을 띠고 있었던 그런 시대는 이제 끝났다. 본질적으로 노동 착취에 의해 생산되는 잉여가치에 의존할 수밖에 없으면서 모순적이게도 노동 착취로부터 독립을 획득하고자 노력한 끝에 점점 더 미래의 가공적 가치 생산에 대한 기대를 통해 막대한 축적이 가능해지고 있는 한에서, 자본은 생산적 활동에 의존하던 상태에서 점점 더 자유로워지고 있기 때문이다.[43]

이처럼 실물경제와 금융부문의 관계가 역전되고, "가공자본의 팽창은 더 이상 기능자본의 발전을 반영하지 않으며, 오히려 반대로, 기능자본의 성장은 가공자본의 성장의 종속변수가 되었다"는 점에서, 독일의 가치비판(Wertkritik) 이론가들은 현재의 자본주의를 역(逆)자본주의(inverse capitalism)라 일컫는다.[44] 말 그대로 우리가 알던 자본주의

---

43 Trenkle, "Labour in The Era of Fictitious Capital," 109.

44 Ernst Lohoff and Norbert Trenkle, *Die Große Entwertung: Warum Spekulation und Staatsverschuldung nicht die Ursache der Krise sind* (Münster: Unrast Verlag, 2012), 211.

에서 역전(逆轉)된, 전도(顚倒)된 자본주의라는 것이다. 그들이 보기에 이 시대의 자본주의는 상품 생산 영역과 전체적인 자본 축적 과정 간의 관계가 변화하여, 가공자본이 그 자체로 축적의 원동력이 된 반면에 과거에 자본을 증대하기 위한 결정적인 매개물이었던 상품의 형태로 된 물질적 재화 및 서비스의 생산은 가공자본의 동역학에서의 종속변수로 변모했기 때문에 그야말로 "자본의 객관적인 운동이 자본의 본질적인 동학에 반대되는 (사실상, 본질의 전도인) 표면적 가상을 발생시키는"[45] 매우 도착적(perverse) 형태를 띠고 있다. 그런데 이러한 자본 자립화의 논리에 따라 인간 노동에 의한 생산적 활동이 가공자본 축적의 종속변수가 되었음에도 불구하고 노동이 계속해서 이루어지고 있다면, 우리는 도대체 이 사회에서 노동의 역할을 어떻게 이해해야 할까? 서두에서 던졌던 질문을 다시 떠올려보자면, 자본에게 노동은 어떤 의미를 갖는가 하는 것이다. 특히 노르베르트 트렝클(Norbert Trenkle)에 따르자면, 상품 및 서비스의 생산을 위해 요구되는 직접적 인간노동은 이러한 상품들로 표상되는 가치 실현에 등가적인 가치가 가공자본의 영역에서 안정적으로 창출되는 한에서만 그 존재의의가 확보된

45 Beverley Best, "Political Economy through the Looking Glass: Imagining Six Impossible Things about Finance before Breakfast," *Historical Materialism*, Vol. 25, No. 3, 2017, 98-99.

다. 가공자본을 통한 미래 가치증식에 대한 의존이 상품을 통한 가치 생산을 압도하게 되면서 생산적 활동의 작동 메커니즘 자체가 달라지는 것이다.

> 이러한 메커니즘은 중국 및 다른 '신흥공업국들'에서의 전반적인 산업 호황뿐만 아니라 독일의 해당 수출 산업의 기반이다. 그러므로 우리는 그것을 '유도된 가치 생산'이라 부를 수 있다. 실제로, 이러한 유도된 가치 생산은 중요한 체계적 기능을 수행한다. 그러나 그러한 기능은 자본을 가치증식하는 데 있지 않고 오히려 금융 시장의 미래 예상을 확증하는 상상적 자료(imaginary material)를 제공하는 데 있다. 이것은 미래 가치에 대한 기대가 현재의 노동 착취에 의존하지 않더라도, 그럼에도 불구하고 추후에 수익성 있는 물질적 생산에 대한 기대의 지속적인 발생에 기반을 두고 있기 때문이다.[46]

요컨대, 역(逆)자본주의 시대를 만들어낸 자본에게 물질적 부를 생산하는 활동으로서의 직접적 인간노동은 단순히 미래의 가공적 가치에 대한 허구적 기대를 지속적으로 발생시키는 상상적 자료를 제공하는 데 그 의미가 있을 뿐이다.

---

46 Trenkle, "Labour in The Era of Fictitious Capital," 109-110.

적어도 "자립화"되는 고유한 경향을 가진 사회형태로서의 자본, 특히 오늘날 금융화와 더불어 가공자본이라는 가장 고차적인 형태로 자립화된 자본에게 노동이란 "(자본의 신비로운 자기-생성적 순환 운동에 내재하는) 부인된 '무의식적' 환상"을 유지하기 위해 필요한 재료에 지나지 않는다.[47] 자본의 관점에서 노동의 그러한 최대한의 잉여성과 최소한의 필요성이 역(逆)자본주의 시대에 노동의 프레카리아트화를 추동하는 힘이다.

프롤레타리아적 노동은 정보화된 지식 및 상품의 사례에서 보았듯이 (잉여)가치의 생산이 직접적 인간노동의 지출에 더 이상 의존하지 않게 되었음에도 불구하고, 가치의 실체가 여전히 사회적으로 필요한 재생산 노동시간이라는 가치규정에 묶여 있기 때문에 영(零)제도의 형태로 자본의 가치화 운동에 필수적인 역할을 계속해서 수행하고 있다. 그렇기에 자본주의 사회에서 구조적으로 근거지어진 가치의 재구성은 동시에 프롤레타리아적 노동의 필요성의 재구성으로 나타나고 있다. 잉여가치 증대라는 자본의 궁극적 목적하에서 자본주의적 생산성이 지속적으로 증대함에 따라, 한편으로는 프롤레타리아적 노동이 점점 더 물질적 부의 생산의 견지에서 잉여적 형태로 변화되고, 궁극적으로는 시대착

---

47 슬라보예 지젝, 『헤겔 레스토랑』, 조형준 역, 새물결, 2013, 457쪽.

오적이게 되고 있지만, 다른 한편으로 그것은 가치 생산의 유일한 원천으로서 여전히 필요한 것으로 남아 있는 것이다.

문제는 이러한 이중성이 지속될수록, 즉 자본주의가 더욱 발전할수록, 이미 시대착오적인 것으로 드러난 프롤레타리아적 노동의 폐지 가능성이 역사 속에서 전도된 · 왜곡된 형태로, 예컨대 잉여적/불필요한 노동(superfluous labor)이 증가하는 형태로, 노동인구의 대부분이 점점 더 잉여인구(surplus population)로 전락해가는 형태로, 안정적이고 공식적인 일자리 대신에 불안정하고 비공식적인 형태의 고용이 증대하는 방향으로, 궁극적으로 프레카리아트라 불리는 '새로운 위험한 계급'이 폭발적으로 늘어나는 양상으로 나타나고 있다는 사실이다.[48] 프롤레타리아적 노동의 프레카리아트화가 돌이킬 수 없을 정도로 급속히 진행 중이다.

이런 상황에서 우리가 무엇을, 어떻게 할 것인가? 식상한 해답을 말하는 대신에 '노동 안에서의 해방'(노동사회 안에서의 개혁 프로그램)이든 '노동으로부터의 해방'(탈(脫)노동 프로그램)이든 어떠한 형태의 대안사회 프로젝트도 이러한 '자본'의 범주에 준거하지 않고서는 안출해낼 수 없다는 점만 짚어두자. "자본 안에서/자본에 대항하는 노동의 현전"[49]

---

48 Postone, "The Current Crisis and the Anachronism of Value," 104.

49 워너 본펠드, 「인간의 실천과 전도: 자율성과 구조를 넘어」, 본펠드 편, 『탈정치의 정치학』, 김의연 역, 갈무리, 2014, 136

이라는 개념도 결국 우리가 자본의 운동을 사유하고 그 모순을 이론화할 수 있어야 비로소 착상할 수 있다는 것이다. 그러므로 오늘날 노동의 잉여성과 필요성 사이에 놓인 자본의 근본적인 모순을 먼저 인식하고, 이어서 "자본 안에 내재하면서 자본 자체의 논리의 진행을 중단시키고 이 진행에 구두점을 찍는"[50] 어떤 것으로서 저항의 계기를 발견해낼 때, 노동의 프레카리아트화의 핵심에 "이 기초를 공중에서 폭파하기 위한 물질적 조건들"이 기입되어 있다는 실재적 진리도 그 모순의 구조적 효과로부터 소급하여 정립될 수 있을 것이다.

정용택
한신대학교에서 기독교사회윤리학을 전공했다. 제3시대그리스도교연구소에서 민중신학을 연구하고 있다.

---

50 디페시 차크라바르티, 『유럽을 지방화하기』, 김택현 · 안준범 역, 2014, 153쪽.

"하나는 너무 적고 둘은 너무 많다."

최유미

1. 공-산의 구성물, 신체

나에 관한 각종 생리데이터들이 생물학적인 개체로서 나를 식별하게 해주고, 그 식별가능성이 붕괴될 때 생물학적인 죽음을 맞는다. 이처럼 살아있다는 것, 곧 생명은 환경과 나를 구분하는 뚜렷한 경계를 가지면서 개체성을 주장하는 것 같다. 1970년대에 칠레의 생물학자인 움베르토 마투라나와 프란시스코 바렐라는 생명의 본질을 유전자로 환원하지 않으면서 생명현상을 시스템이론으로 설명하고자 했다. 이들은 생명을 오토포이에시스(autopoiesis) 시스템으로 정의했는데, 오토포이에시스는 자율을 의미하는 "auto"와 생산하다를 의미하는 "poiesis"의 합성어로, 스스로 자신을 만든다는 의미이다. 마투라나와 바렐라가 보기에 생명의 본질은 자신의 유기적 구성을 계속 산출해 낼 수 있는 능력에 있다. 가령 코로나바이러스에 감염이 되어서 고열에 시달려도 적절한 처치 후에 생체의 리듬이 제자리로 돌아올 수 있으면, 그의 신체는 자신의 유기적 구성을 다시 산출한 셈이다. 오토포이에시스 이론이 말하는 생명은 그 이전까지 생명을 설명하던 유기체설이나 유전자중심주의와는 달리, 환경과의 적극적인 상호작용 속에서 구성 중인 시스템으로 둔다는 점이다. 이 이론에 따르면, 신체의 경계는 미리 주어진 것이 아니고, 시스템의 작동에 의해서 스스로 구성된다.

발달생물학자인 스콧 길버트(Scott F. Gilbert)를 비롯한 공동저자들은 공생의 관점에서 생명을 고찰하면서, 해부학, 생리학, 유전학, 진화론, 면역학, 그리고 발생학적인 측면에서 "우리는 개체였던 적이 없다"고 주장한다.[1] 이 논문에 따르면, 인간의 신체는 90%의 비인간 게놈을 가진 잡다한 미생물들과 10%의 인간게놈을 가진 세포들의 집합체이고, 이는 인간에게만 국한된 이야기가 아니다. 생명은 하나로 환원되지 않는 이질적인 것들의 집합체인데, 그것은 거대한 하나로 환원되지 않는다. 왜냐하면 집합체를 이루는 생물들 사이에는 크고 작은 상호작용과 내적 작용이 있는데, 이런 것

1 Scott F. Gilbert, Jan Sapp and Alfred I. Tauber, "A symbiotic view of life; We have nerver been Individuals", The Quarterly Review of Biology, vol. 87, no. 4, Dec, 2012.

들이 또 다른 상호작용과 내적 작용들을 유도하면서 퍼져 나가기 때문이다. 환경과 자신을 구분하는 경계는 자명하지 않다. 마투라나와 바렐라가 오토포이에시스 시스템을 통해 논증하려 한 것은 중앙 집중적인 콘트롤 타워 없이도 스스로 경계를 만들어내는 자율적 시스템으로서의 생명이었다. 이들은 세포를 자기 구성적 단위로 보았다. 반면에 길버트와 그의 공동연구자들은 세포조차도 스스로를 구성하는 단위로 보기는 힘들다는 것이다.

길버트는 오토포이에시스 이론이 집합적 신체들의 복잡한 작동들을 '자신(self)'이라는 총체성으로 환원하는 면이 있다고 비판한다. 오토포이에시스 이론에 따르면, 자율적으로 구성되는 이 총체성에 의해서 개체성이 식별가능하게 된다. 반면 길버트는 생물세계에 스스로를 구성하는 단위 따위를 상정하지 않아도 식별가능한 차이들은 무수히 많다는 것이다. 집합체로서 생명은 서로 상이한 상호작용과 내적작용을 가지고 있고, 이 상이한 작용들의 양상이 차이를 드러낸다. 똑같이 코로나 19 바이러스에 감염이 되었어도 어떤 사람은 경미한 증상을 보이거나 아예 무증상을 보이기도 하지면 또 어떤 사람들은 극심한 고통에 시달리고 목숨을 잃기도 한다. 이런 차이들을 삶과 죽음으로만 식별하려 하는 것은 지나치게 추상적이다.

과학학 연구자이자 페미니스트 이론가인 도나 해러웨이

(Donna Haraway)는 길버트의 연구를 지지하고 생명에게 자기를 구성하는 단위를 상정하는 것은 적절치 않다고 여긴다. 생명은 스스로를 만드는 것이 아니라 여럿이 함께 만들어낸 구성물이기에 해러웨이는 오토포이에시스 대신 "심포이에시스(sympoiesis)"라는 용어를 제안한다.[2] 오토포이에시스의 auto 대신 sym을 써서 함께 만들기를 강조한 용어다. 나는 이 용어를 위해 '공-산(共-産)'이라는 번역어를 제안한다.[3] 우리의 신체는 인간 게놈을 가진 세포들과 나머지 박테리아와 미생물들과의 공동의 구축물이다. 누구도 그리고 무엇도 혼자 만들어지지 않는다. 생명은 공-산의 결과이다.

신체는 집합체들 간의 내적이고 상호적인 관계들의 구성물이지만 그 관계들이 전체로 환원되는 것은 아니다. 해러웨이는 전체로 환원되지 않는 관계를 위해 인류학자 매릴린 스트래선(Marilyn Strathern)의 '부분적인 연결들(Partial Connections)'이라는 개념을 사용한다. 가령, 나의 신체에는 인간 게놈을 가진 세포와 함께, 많은 미생물과 박테리아가 함께 서식한다. 내가 식사를 할 때 그들도 함께 먹고, 내가 죽으면 이들이 잠시 나의 신체를 넘겨받을 것이다. 대부분의 것들은 나에게 별다른 도움이나 해를 끼치지 않는 식객

---

2 Donna Haraway, *Staying with the Trouble,* Duke University (2016), p.58

3 최유미, 『해러웨이, 공-산의 사유』, 도서출판b, 2020.

들일 것이고 장내 미생물들처럼 섬유질의 분해를 맡아주는 고마운 자들도 있다. 심지어 치명적인 해를 끼칠 자들도 있을지 모르지만 어쨌거나 지금까지는 다른 것들에 의해 적절히 저지되고 있을 것이다. 이들의 관계는 부분적인 연결들의 집합이지 하나의 전체가 아니다. "하나는 너무 적고 둘은 너무 많다."[4]

2. 먹기의 혁신적인 힘

진화에 대한 설명은 개체를 중심으로 하는 계통발생모델이 주류를 이룬다. 생존경쟁에서 살아남은 자들의 세대를 거듭하는 번식이 계통의 분화를 낳는다. 그러나 계통발생모델은 생명이 이질적인 존재들의 집합체임을 설명하지 못한다. 진핵생물의 세포는 단일한 게놈을 가지고 있지 않다. 세포에게 에너지를 공급하는 미토콘드리아나 광합성을 하는 엽록체는 세포핵에 들어있는 게놈과는 다른 유전자를 가지고 있다. 하나의 세포 속에 분명히 기원이 다른 무엇인가가 함께 살고 있고, 그것이 세포의 생존에 결정적인 역할을 한다. 1967년에 생물학자 린 마굴리스(Lynn Magulis)는 미토콘드리아와 엽록체의 기원에 관해 흥미로운 가설을 발표했는데, 고

4 도나 해러웨이, 『해러웨이 선언문』, 황희선 역, 책세상, 2019, 77쪽.

세균이 박테리아를 잡아먹었다가 소화를 시키지 못해서 함께 살게 되었다는 것이 그 요지다.[5]

원시지구에서 고세균이 박테리아를 잡아먹었지만, 박테리아의 분비물이 소화를 방해하는 바람에 소화불량이 되었다. 잡아먹힌 박테리아가 산 채로 고세균의 몸속에 서식하게 된 난감한 상황이 생겨버린 것이다. 고세균은 소화불량인 채로 다른 먹이도 섭취할 텐데, 그 양분이 소화시켜야 할 박테리아도 양육하는 셈이다. 그래서 소화불량의 답답함은 해소될 수 없다. 그 상태를 남의 몸속에 갇혀버린 박테리아가 어떻게든 해소하려면 세균을 못살게 굴어서 게워내게 해야 할 것이지만 어쩐 일인지 자신의 대사 부산물로 나온 에너지가 세균에게 생기를 더해 준다. 이 난감한 딜레마가 새로운 존재로의 이행을 가능하게 했다.

흔히 공생은 이익교환의 제로섬(zero sum) 게임으로 설명되곤 하지만 마굴리스는 자신의 공생이론을 그렇게 설명하지 않는다. 서로 이익이 될지, 아닐지는 관계 이전에는 알 수 없는 노릇이다. 마굴리스는 이들의 공생을 "낯선 자들의 친밀성"이라고 말한다. 느닷없는 실패가 그렇지 않았으면 포식자와 피식자라는 예정된 관계로 직행했을 이들을 새로운 관계로 이끌었다. 진핵생물로의 진화는 계통수의 분기가 아

5 린 마굴리스, 『공생자 행성』, 이한음 역, 사이언스북스, 2007.

니라 느닷없는 흡수 합병으로 유전물질이 다른 가지로 수평적으로 이동함으로써 가능해졌다. 마굴리스는 이런 식의 생명 만들기를 '공생발생(symbiogenesis)'이라고 불렀다.

해러웨이가 소개하는 생물학자 니콜 킹(Nicole King)은 동물의 다세포성이 어디에서 기원하고 발생했는지를 연구한다.[6] 동물의 가장 원시적인 형태로 알려진 해면동물은 먹이를 포획하는 부분에 동정편모충과 닮은 세포를 가지고 있다. 독립생활을 하는 동정편모충은 장미모양의 군집을 이루어서 다세포개체군이 되기도 한다. 킹은 동정편모충과 닮은 해면동물의 세포들과, 독립적인 생활을 하는 동정편모충 사이의 그들의 식사와 감염, 그리고 장미모양의 군집을 만드는 습관을 연결할지도 모를 모든 부착부위와 신호 활동을 연구한다. 해면동물의 먹이활동과 동정편모충류의 장미모양의 군집을 비교해 보면, 최초의 동물들이 박테리아 먹이를 포획하기 위해서 편모가 있는 동정세포들을 사용했었다는 점이 시사된다. 요컨대 동정편모충은 동물의 가장 가까운 친척이 되는 셈이다. 원시 다세포동물은 먹이활동을 위해 편모 있는 것들과 협력했다. 또한 "동물들이 박테리아를 섭취해온 역사는 면역을 위한 유전적인 통로들의 진화를 추동하고 수평적

---

6 Donna J. Haraway, *Staying with the Trouble*, Duke University Press, 2016, 64-65쪽.

유전자 이동을 촉진함으로써, 동물 게놈들의 진화에 영향을 주었을 것"[7]이다.

다윈의 진화론에서 자연선택을 교조적으로 이어받은 신다위주의자들은 진화에 있어서 가장핵심적인 역할은 자신의 유전자를 남기려는 이기심이라고 보았다. 하지만 공생생물학자들은 먹기가 더 근본적이라고 주장하는 것 같다. 우리가 알고 있는 것처럼 먹기는 감염성이 있고, 사회적이다. 먹기는 아무 관련이 없는 것들을 만나게 하고, 함께 공동의 신체를 구성하게 만든다. 통상 먹기는 약육강식으로 이해되지만 구체적인 먹기의 사태는 경쟁이 전부가 아니다. 마굴리스의 공생이론이 보여주는 것처럼 누구도 독식할 수 없다는 사실이 먹기를 흥미롭고 혁신적으로 만든다. 누구도 모든 것을 완벽하게 소화시킬 수 없고, 부분적으로 먹고 부분적으로 소화시킬 뿐이다. 먹는 자와 먹히는 자로 확연히 나뉘는 먹기는 그 실패 덕분에, '하나는 너무 적고 둘은 너무 많은' 기묘한 관계를 만든다.

3. 반려종

나의 몸에 함께 사는 다른 기원의 세포들은 완전히 나의 몸

7 같은 책, 65쪽; 재인용

에 동화된 것도, 그렇다고 아주 별개의 신체인 것도 아니다. 그들은 내가 먹을 때 함께 먹는 식사 동료이다. 해러웨이는 이들을 "반려종(companion species)"이라고 부른다.[8] 영어, "companion"의 그리스어원은 "cum-panis"로 빵을 함께 한다는 뜻이다. 식사를 함께 나눈다는 것은 특별한 친밀함을 의미하지만 친밀함이 곧 호혜와 평등을 의미하지는 않는다. 고세균이 박테리아를 잡아먹었다는 사실을 기억하라. 반려종은 단순하거나 순진무구한 것이 아니라 하나와 둘 사이에 위치하는 다형적인 관계이다. 그 관계는 안전이 보장되어 있다기보다는 위태로우며, 종결되었기보다는 진행 중이고, 관계에 따른 결과가 반드시 따른다.

해러웨이는 개와 인간의 관계를 통해 "반려종"의 개념을 구체화한다. 개는 우리와 오랜 기간 공서(共棲)해온 생물종이다. 인간이 야생의 늑대를 길들였다는 신화는 인간만이 유일한 행위자라는 근대적 인간학의 소산일 뿐 생물학적인 근거는 취약하다. 훈련된 특질이 다음 세대로 유전될 리 없기 때문이다. 개라는 종이 언제부터 분기되어 나왔는지는 연구에 따라 연대 추정이 분분하다. 호모사피엔스가 생겨난 때와 거의 비슷한 15만 년 전에 분기되었다는 연구도 있고, 1만 년 혹은 1만 5천 년 전부터 개가 갈라져 나왔다는 연구도 있

8 도나 해러웨이, 『해러웨이 선언문』, 황희선 역, 책세상, 2019, 113-246쪽.

는데, DNA데이터에 의해 뒷받침되고 있는 것은 후자이다.

개는 동아시아의 지역들에서 산발적으로 출현했고, 지구 전역으로 빠르게 퍼져나갔다. 개와 인간의 공서에 대한 설득력 있는 가설은 개과의 동물이 인간을 기회주의적으로 이용했다는 것이다. 이들은 우연히 이족보행동물의 서식지 근처에서 먹이를 쉽게 구할 수 있다는 사실을 터득했고 그것을 이용하기 시작했다. 이들은 위험부담이 있는 사냥 대신 수렵 채집인들의 이동 경로를 멀찍이서 따라 다녔다. 이동하는 동류들끼리의 교배 덕택에 인간과의 거리가 점차 좁혀질 수 있었다. 개들은 다른 포식자들에 비해서 유아기가 긴 편인데 인간들을 베이비시터로 활용한 덕분에 새끼 양육에 도움을 받았고, 인간들은 서식지 근처를 찾아오는 개들의 새끼 덕분에 개과 동물에 대한 공격성을 줄여나갈 수 있었다. 이를 통해 상호적인 바이러스 교환과 면역계의 변화가 이어졌을 것이다. 면역계의 변화는 결정적이었을 텐데, 누구와 함께 살 수 있는가를 생물학적으로 결정하는 것은 면역계의 역할이기 때문이다. 반려종은 공진화해온 생물종을 부르는 이름이다.

인간이 관계 맺는 수많은 비인간들과의 관계도 개와 인간의 관계와 얼추 비슷할 것이다. 우리는 다른 유기체와 비유기체에 기대어 살고, 그들로부터 영향을 받는다. 야생의 자연과 인간의 빛나는 성취로서의 문화라는 구도에서 진정한 플레이어는 인간뿐이지만, 그것은 우리의 착각일 뿐이다. 자연은 모체도 아니고 자원이나 도구도 아니다. 지구에 사는 유한한 것들은 모두 타자와 적절한 관계를 맺고 그 덕분에 살고 죽는다. 문화 바깥에 야생의 자연이 따로 있는 것이 아니라 자연과 문화는 언제나 이미 "자연문화"[9]이다.

담론 속의 개는 종신형의 죄수 아니면 오이디푸스적인 존재로 취급되곤 한다. 하지만 그것은 인간의 관념을 멋대로 투사한 것일 뿐 현실의 개가 아니다. 우리와 일상을 함께 사는 개는 오랜 기간 "인간과 의무적이고 구성적이며 역사적이고 변화무쌍한 관계를 맺는 종이다."[10] 그들과 인간의 권력은 비대칭적이고, 서로에 대한 행위는 순진무구하지도 않다. 이들에게는 치워야 할 오물이 있고, 잔인함과 끔찍한 실수와 무지도 드물지 않다. 하지만, 짜릿한 놀이, 성실한 노동, 성취의 기쁨 그리고 상대에 대한 헌신도 함께 있다. 반려종의 희망은 조화로운 합일이나 오지 않을 구원에 있는 것이 아니라 하나로 환원될 수 없는 흥미진진한 복잡함 속에 있다.

무엇보다 반려종은 혼자 만들어지지 않으며 적어도 둘 이상의 종이 필요하다. 이들이 서로를 만든다. 고세균과 박테리아의 조우가 진핵세포를 만들어낸 것처럼, 4족보행의

---

9 같은 책, 115쪽; 자연문화(natureculture)는 자연과 문화의 분리불가능성을 말하는 도나 해러웨이의 개념이다.

10 같은 책, 129쪽

기회주의적인 동물이 기회주의적인 면으로 치면 다른 종에게 결코 뒤지지 않을 2족보행의 동물과 우연히 만나게 되었을 때, 기회를 포착하는 그들의 탁월한 능력이 변이를 만들었고, 그 변이의 결과는 개와 그의 사람들이라는 짝이다. 공-산의 존재들인 이들은 반려종이다. 반려종은 3가지 층위의 서로 다른 시간을 함께 산다. 가령 개와 인간의 반려관계는 몇만 년이라는 긴 진화의 시간 동안에, 그리고 목축과 수렵의 역사 등의 우발적이고 구체적인 역사적인 시간을 거치면서 서서히 그 관계가 형성된 존재들이자, 얼굴과 얼굴을 마주하고 눈길을 나누는 개체의 유한한 세대 시간을 나누는 자들이기도 하다. 이런 시간성을 살아온 반려종의 관계는 그래서 복잡한 그물망에 단단히 옭아매어져 있고, 엔간해선 쉽게 풀리지 않는다.

4. 기묘한 반려종, 기계와 인간

반려종은 유기체들의 관계에 국한되지 않는다. 꿀벌의 반려종으로는 넥타를 제공하는 꽃들이 쉽게 떠오를 것이다. 하지만 반려관계는 그것만이 아니다. 정육각형기둥들로 빼곡 채워진 벌집은 꿀벌의 구축물이자 반려종이다. 인간에게 기계가 생존에 필수적인 것처럼, 벌집은 꿀벌의 생존과 직결된다. 인간을 포함해서 많은 유기체들이 자신의 생존을 위해 사물을 사용한다. 하지만 단지 구축물인 뿐인 사물을 공-산의 존재인 반려종이라 부를 수 있는가라고 반문할 수 있을 것이다. 행위능력이 없는 사물과 그것을 만드는 유기체라는 구도에서 이런 의문은 당연하다. 하지만 사물이 정말 행위능력이 없는 것일까? 인간만이 진정한 행위자라는 통념은 행동한다는 것을 의지적인 활동으로 간주하는 데서 기인한다. 그러나 현대의 뇌과학 연구는 두뇌의 어디에도 자유의지를 관장하는 영역을 특정하지 못한다. 어떤 행동이 있었느냐 아니냐는 그것의 영향으로 판별할 수 있다. 만약 우리가 인간중심주의 혹은 유기체 중심주의를 벗어나서 사유할 수 있다면 행동한다는 의미를 구체화할 수 있다.

가령, 일벌은 배 아래쪽에서 노란색 천연왁스인 밀랍을 분비해서 집을 만든다. 일벌들이 만든 집은 정육각형 기둥이 촘촘히 쌓인 구조인데, 이는 정해진 면적에서 가장 많은 체적을 만들어 낼 수 있고 구조적인 안정성도 가장 뛰어나다. 벌집의 이런 놀라운 형태에 대해 우리가 품는 가장 흔한 의문은 이런 것이다. 기하학을 알 리 없는 꿀벌이 어떻게 이런 형태의 집을 지었을까? 어떤 이들은 기하학을 아는 존재는 인간만이 아님을 벌집이 증명한다고 여기고, 또 어떤 이들은 벌의 본능에 기하학이 새겨져 있기에 벌은 본능대로 움직였을 뿐이라고 주장하기도 했다. 그런데 최근의 한 연구에 의하면, 벌이 처음에 집을 지을 때는 벌의 몸체와 비슷하게 원

기둥이지만, 시간이 지날수록 정육각형 기둥으로 변모하는 것으로 촬영되었다. 벌집의 재료인 밀랍이 벌의 체온에 의해 말랑말랑해지면, 벌집은 주변 벌집과의 표면장력 때문에 점차 육각형의 구조로 변한다. 이 연구를 보고 사람들은 그러면 그렇지 어떻게 벌이 기하학적 관념을 가질 수 있겠는가 라고 안도했을지도 모른다.

기하학의 관념이 있을 리 없는 꿀벌의 집짓기는 도무지 이해할 수 없었는데, 새로운 연구가 이 불가사의를 해소해 준 것처럼 보인다. 처음에 꿀벌은 자신의 몸을 닮은 가장 단순한 형태의 집을 지었지만 구멍이 빼곡하게 들어찬 구조가 그것을 육각형으로 만들었다. 그러니까 완벽한 기하학적 형태인 벌집은 꿀벌의 관념이 아니라 꿀벌의 집단적 활동과 밀랍이 만든 것이다.

인간이 관념이 최고로 구현된 것이라 여기는 발명은 어떨까? 질베르 시몽동에 따르면 초기단계의 기계들은 논리적 도식에 따라서 만들어지지만 기술적인 수준이 너무 조악해서 금방 다음 단계로 이행하고, 그렇지 못하면 사라진다. 가령 초기의 자동차엔진 냉각기는 뜨거워진 엔진의 실린더 앞에 모터로 프로펠러를 돌려서 바람을 일으키는 구조였다. 열을 식히기 위해 바람을 일으켜야 하는 논리적인 도식의 이 구조에는 열을 식히기 위해서 열을 내는 아이러니가 있고 이는 고장을 일으키는 중요한 요인이다. 만일 프로펠

러를 돌리는 모터가 고장이라도 나면, 엔진 룸은 불덩이가 될 것이다.

기계의 잦은 고장은 다음 단계로의 이행을 강제한다. 이때 작동하는 사물은 새로운 해법을 제시하는 경우가 많다. 자동차가 달리면 바람이 나오고 바람은 열을 식힐 수 있다. 이때 비로소 발명의 도식이 한 단계 나아간다. 다음 단계의 냉각기는 냉각을 위해 별도의 모터를 쓰지 않았고, 실린더 외벽에 얇은 판들을 달아서 펄럭거리면서 바람을 일으킬 수 있도록 만들어졌다. 자동차가 더 빨리 달릴수록 더 많은 바람이 일어나는 구조다. 기계의 발명조차도 천재적인 발명가의 사유의 산물이 아니고, 사물이 행동으로 그 방향을 지시한 결과다. 좋은 발명가는 사물들의 행위를 민감하게 알아차리는 자다.

사물은 불활성의 수동적 존재가 아니고, 행위자는 인간만이 아니다. 시몽동은 기술적 과정을 거쳐서 생겨나는 사물들을 기술적 대상이라고 부르는데, 기술적 대상은 인간의 필요인 실용적 특성을 본질로 하지 않는다.[11] 시몽동에 따르면, 기술적 대상은 인간을 포함한 사물들과의 관계 속에서 발생한다. 꿀벌 혼자 벌집을 창조하지 않은 것처럼, 인간은 기계를 창조한 것이 아니다. 이들은 함께 만들어진 반려

---

11 질베르 시몽동, 『기술적 대상들의 존재양식에 대하여』, 2011, 353쪽

종이다.

5. 중요한 타자성(Significant Otherness)

세계가 모래알 같은 개인과 개체들의 집합이 아니라, 이리저리 얽힌 반려종들의 그물망이라면 우리의 윤리와 정치는 어떻게 바뀌어야 할까? 이 세계의 행위자가 인간만이 아니라면 우리의 윤리와 정치는 어떻게 바뀌어야 할까? 기계는 노예가 아니고, 자연과 대립하는 것도 아니라면 우리의 윤리와 정치는 어떻게 바뀌어야 할까? 세계는 모두가 모두에게 연결된 하나의 덩어리가 아니라 부분적인 연결망들의 집합체라면, 그리고 우리를 포함한 모든 존재들이 가진 습속들은 과거부터 지금까지 역동적으로 구성되어온 부분적 연결망들의 귀결이라면, 그리고 지금 그 오랜 연결들이 위기에 처해 있다면 우리의 정치와 윤리는 어떻게 바뀌어야 할까? 비인간이든 인간이든 타자와의 영원한 공존이라는 희망이 도달 불가능한 유토피아라면, 그러나 인간만을 위한 세상도 터무니없는 망상이라면 우리의 윤리와 정치는 어떻게 바뀌어야 할까?

이런 물음들을 생각하기 위해서 해러웨이는 "중요한 타자성"에 전념하는 윤리와 정치를 이야기한다. 반려종의 관계에 들어간 자들은 서로에게 현저한 타자인 동시에 상대에게 삶과 죽음을 의존하고 있기에 중요한 타자이다. 에마뉘엘 레비나스가 철학의 제1 과제는 '존재'가 아니고 '윤리'여야 한다고 주장하면서 타자들의 호소(appeal)에 반드시 응답할 무한 책임(responsibility)을 말한 것은 이 때문이다. 타자의 고통에 대한 응답책임은 긴급하고 중요하다. 하지만 해러웨이는 타자가 언제나 고통 받는 얼굴로 다가오는 것은 아님을 지적한다. 내가 타자와 관계하기 위해서 그를 규정하는 것은 불가피한 일이지만, 그것은 불변의 규정이 아니고, 나 또한 상대로부터 규정을 받는다. 게다가 이러한 규정이 반드시 고통으로 환원되는 것도 아니고, 고통에 대한 응답이 가장 중요한 것도 아니다.

개와 인간의 공서 속에는 힘겨운 노동만 있었던 것이 아니라 즐거운 놀이도 있었던 것처럼, 비인간 타자들과 인간의 관계는 다층적이고 복합적이다. 타자가 고통 받는 얼굴로 다가올지, 무서운 포식자의 얼굴로 다가올지, 혹은 유혹적인 얼굴로 다가올지는 관계 이전에는 알 수 없는 일이다. 해러웨이는 중요한 타자성에 전념하는 반려종의 윤리로서 호기심과 경의를 중요하게 거론한다. '종(species)'의 어원은 specere로 보다, 응시하다는 뜻이 있다. 호기심이 없다면 상대에게 다가가기는 어렵다. 호기심을 가지고 거듭 상대를 보아야 연결의 기회를 낚아챌 수 있을 것이기 때문이다. 해러웨이는 respect(경의)의 어원이 specere에서 비롯된 re-specere

임을 상기시킨다.[12] 낯선 상대에게 다가갈 때는 몇 번이고 거듭 보면서 주의하고, 예의 바르게 인사를 하는 것이 중요하다. 그는 알 수 없는 타자이지만 반드시 관계를 맺어야만 하는 자이기 때문이다.

반려종의 세계는 내가 '누구'가 되었을 때 상대는 반드시 '무엇'이 될 수밖에 없는 세계이고, 그 반대도 마찬가지다. 알다시피 누구와 무엇의 권력은 현저히 비대칭적이다. 하지만 반려종은 누구와 무엇의 자리가 고정되어 있는 관계가 아니다. 개의 뛰어난 청각과 후각을 이용하기 위해서 인간은 그에게 식사와 잠자리를 제공해야 한다. 개도 손쉽게 칼로리를 얻기 위해서는 인간이 원하는 일을 해 주어야 한다. 반려종의 관계는 무상의 사랑이 충만한 낭만적인 관계도 아니지만 기능적인 일에만 국한되어 있지 않고, 이익교환이 반드시 전제되어 있는 것도 아니다. 반려종의 관계는 신체와 신체가 서로 만나는 감응적인 관계이다. 고세균이 집어삼킨 박테리아가 소화도 되지 않고 몸에 남아버렸을 때, 고세균이 느꼈을 그 갑갑함을 떠올려보라. 갑갑증으로 따지자면 박테리아도 그에 못지않았을 것이다. 그러나 느닷없이 신체를 맞대게 된 이들에게 찾아온 것은 마굴리스의 표현대로

12 Donna Haraway, *When Species Meet*, University of Minnesota Press(2006).

낯선 자들의 친밀함이었다. 감응은 이처럼 정해진 감정을 다른 상태로 이행하게 하는 힘이 있다. 그것 때문에 그들은 계속 함께할 수 있었을 게다.

어디에도 불활성의 수동적인 존재는 없다. 신체를 가진 자들은 상대를 감응시키고 감응되는 자들이기 때문이다. 이들은 구체적인 장소에서 만나고 관계를 맺는다.

> 존중하고, 응답하고, 몇 번이고 돌아보고, 환대하고, 주의하고, 정중히 행동하고, 소중히 여긴다고 하는 것은 모두 예의 바른 인사, 폴리스의 구성, 종과 종이 만날 때의 장소에 결부되어 있다. 만남에 임하여, 즉 존경과 경의를 표함에 임하여, 반려와 종을 함께 묶는 것은 함께-되기의 세계, 즉 "누구"와 "무엇"들이 틀림없이 문제가 되고 있는 세계에 발을 들이는 것이다.[13]

반려종의 세계는 행복한 결말로 종결되지 않는다. 반려종이 된다는 것은 틀림없이 문제 있는 세계에 발을 들이는 것이기 때문이다. 그러나 세상은 원래 그런 것이라고 그 문제를 외면할 수도 없다. 반려종인 그는 나에게 중요한 타자이기 때문이다. 중요한 타자성에 전념하는 윤리와 정치란 오

---

13 같은 책, 19쪽

지 않을 구원을 기다리지 않고, 저 하늘에서 현실을 비난하지 않아야 가능하다. 반려종은 땅에 붙박인 자들이지 하늘에서 땅을 굽어보는 자들이 아니기 때문이다. 중요한 타자성에 전념하는 반려종의 일은 자신들이 물려받은 서로 다른 역사와, 불가능에 가깝지만 꼭 필요한 공동의 미래를 위해서 삶의 방식을 서로 조절하고 적당히 꿰맞추는 세속적인 작업이다.[14] 그것은 추상적인 관념 속에서가 아니라 종과 종이 만나는 구체적인 현장의 일이다. 현장의 일을 하기에 "하나는 너무 적고 둘은 너무 많다."

최유미
KAIST 화학과에서 이론물리화학으로 박사학위를 받았고 20년간 IT회사에서 소프트웨어개발 작업에 참여했다. 현재 연구공동체 〈수유너머104〉에서 비인간과 인간의 함께 살기를 공부하고 실험하고 있다. 쓴 책으로는『해러웨이, 공-산의 사유』, 논문「기계와 인간의 공동체를 위하여」,「인공지능과 함께-되기」, 공저『우리시대 인문학 최전선』,『감응의 유물론과 예술』,『모두를 위한 미술과, 개를 위한 미술관』이 있다.

14 도나 해러웨이,『해러웨이 선언문』책세상(2019), 125쪽

X 현장-번역

페스트왕: 알레고리를 포함한 하나의 이야기

에드거 앨런 포 지음

강도희 옮김

> 신들은 왕에게는 참고 허락하는 것들일지라도
>
> 하층민에게는 증오할 뿐이다
>
> - 버크허스트의 『페렉스와 포렉스의 비극』 중에서

10월의 어느 날 밤 12시경, 에드워드 3세[1]가 재위하는 기사도 시대에, 슬로이스와 템스강 사이를 다니며 지금은 잠시 정박해 있는 무역선 '자유와 태평'호에 속한 선원 둘은 런던의 성 앤드루스 교구에 있는 한 선술집에 앉아 있는 자신들을 발견하고 새삼 놀랐다. 그곳에는 '얼큰한 뱃사람'의 초상화가 걸려 있었다.

선술집은 그 시절 그런 장소들이 다 그렇듯 억지로 조잡하게 꾸며 연기에 그을리고 천장이 낮긴 했어도 여기저기 흩어 앉은 여러 괴상한 이들에게는 목적에 맞게 썩 잘 만들어

1 1327년부터 1377년까지 재위했던 잉글랜드의 왕. _역주

진 곳이었다.

물론 그 무리 중에선 우리의 두 선원이 가장 눈에 잘 띄는 건 아니어도, 가장 흥미로운 사람들이라는 게 내 생각이다.

둘 중 더 나이가 많아 보이고 '다리'라는 특이한 이름으로 불리는 자는 키가 훨씬 더 컸다. 198센티는 되었을 그는 습관적으로 굽은 어깨가 그 높이를 더 거대하게 만들어 보였다. 지나치게 큰 키는 차라리 다른 면에서 부족한 것들을 커버했다. 지나치게 말랐던 그는 동료들의 말마따나 취하면 큰 돛대의 페넌트 기가 되었다가 멀쩡할 땐 작은 돛대의 하활이 됐을 법도 했다. 그러나 이러한, 혹은 비슷한 종류의 어떤 농담들도 이 선원의 웃음 근육에는 일말의 영향도 끼치지 않았다. 두드러진 광대와 큰 매부리코, 푹 꺼진 뺨, 벌어진 입, 그리고 크고 툭 튀어나온 흰자위. 그의 얼굴은 만사에 대체로 완강히 무관심한 기미를 보였으며, 그를 따라하거나 묘사하려는 그 어떤 시도들보다 더 엄숙하고 진지했다.

더 젊은 쪽 선원은 외관상 그의 동료와 정반대였다. 그의 키는 122센티도 안 되었다. 한 쌍의 뭉툭한 오다리가 땅딸막하고 버거운 그의 몸뚱이를 지탱하고 있었으며, 비정상적으로 짧고 굵은 팔과 그 끝에 달린 결코 평범하지 않은 주먹들은 바다거북 지느러미마냥 양쪽에서 달랑거렸다. 특별한 색이라 할 수 없는 작은 눈은 머리통 깊은 데서 반짝거렸다. 코는 둥글고 꽉 찬 보랏빛 얼굴을 감싸는 살 틈에 묻혀 있었고, 두꺼운 윗입술은 그 밑에 더 두꺼운 입술 위에서 이따금 그것들을 핥는 주인의 버릇에 의해 의기양양한 자아만족의 분위기를 풍겼다. 그는 자기의 키 큰 뱃친구를 분명 반쯤은 경이롭게 반쯤은 홍미롭게 여기는 듯했는데, 저무는 붉은 해가 벤네비스 산의 바위를 넘어 보듯 그 얼굴을 이따금 올려다보곤 했다.

이른 시간부터 동네의 다른 선술집들을 쏘다녔던 이 대단한 한 쌍에게 그날 하루의 여정은 파란만장했다. 가장 풍족한 기금도 언젠가는 동이 나는 법. 빈털터리가 된 이들이 과감히 들어간 곳이 바로 지금의 이 여관이었다.

그리하여 이 이야기가 막 시작되는 지금, 다리와 그의 친구 휴 타폴린은 마루 정중앙에 있는 오크 식탁 위에 각자 양쪽 팔꿈치를 올려놓고 한 팔씩 뺨을 괴고 있었다. 그들은 아직 값을 내지 않은 커다란 '센 술' 병 뒤로 보이는 불길한 글자 '외상 안 됨'에 눈길을 던지고 있었다. 그것은 놀랍고도 화나게도 그들이 그 존재를 부인하고픈 바로 그 광물로 문위에 새겨져 있었다. 엄정하게 따지자면 이 바다의 제자들 중 그 누구에게도 문자를 해독하는 재능—그 시절 평민들에게는 글을 쓰는 재능만큼 신비로웠던—을 갖추는 것이 의무는 아니었다. 그러나 사실을 말하자면 문자가 쓰인 형태, 그 바람 부는 대로 형언할 수 없이 요동치는 모양새에 힌트가 있었다. 두 선원의 견해에 따르면 그것은 한동안 궂은 날씨가 계속되리라는 계시였다. 곧 그들은 다리 그 자신의 비유에 따르면 “배에서 물을 퍼내고, 돛을 모두 접고, 바람을 따라 질주하기로” 즉시 결정했다.

이에 따라 그들은 남은 맥주를 처리하고 옷을 여민 뒤, 마침내 거리로 달아났다. 타폴린이 문으로 착각하고 두 번이나 벽난로로 굴러 들어가긴 했지만 마침내 그들의 도주는 톡톡히 효과를 봤다. 12시 반이 넘은 시각, 작당이 무르익은 우리의 영웅들은 성 앤드류의 계단 방향으로 가는 어두운 골목으로 죽을 듯이 달렸으며 그 뒤를 ‘얼큰한 뱃사람’의 여주인장이 맹렬히 쫓아왔다.

이 파란만장한 이야기의 시대 앞뒤로 몇 년간 영국 전역, 특히 도심부에는 정기적으로 “전염병!”이라는 공포에 휩싸인 비명이 울려 퍼지고 있었다. 도시 인구가 상당히 줄어들고 있었으며 템스강 부근 어둡고 좁으며 더러운 도로와 골목처럼 심각한 지역에는 질병의 악마가 탄생한다고 여겨졌다. 공포, 두려움, 미신 따위만이 바깥을 돌아다녔다.

왕의 권한으로 그런 지역들은 출입이 금지되었으며 음울한 이 고립을 침범하는 이들은 사형에 처해졌다. 그러나 군주의 명령도, 거리의 입구에 세워진 거대한 장벽도, 처참한 죽음의 광경도 맹세코 분명 어떤 위험에도 굴하지 않고 밤중의 강탈을 통해 가구도 거주자도 없는 집에 들어가 쇠, 청동, 납으로 된 어떤 것이든 수익을 낼 수 있는 물건을 터는 모험을 감행하는 그 몹쓸 인간들을 제압하지는 못했다.

특히 매년 겨울 장벽이 열리면 자물쇠, 빗장, 비밀 찬장이 보통 드러나는데, 와인이나 양주를 파는 값비싼 가게들은 비우는 데 드는 위험과 문제도 만만찮아 많은 동네 가게 주인들은 추방기간 동안에 보안이라 하기에도 시원찮은 그런 빈약한 보호책을 믿기로 한 것이다.

허나 공포에 휩싸인 사람들 중 이런 짓거리들이 인간의 손으로 행해지리라 믿는 이들은 거의 없었다. 페스트 귀신, 전염병 고블린, 열병 마귀가 이런 못된 짓을 하는 대표적 악동들이었다. 금지된 건물들 전체를 공포가 수의처럼 감쌌다거나 도둑들조차 그들의 만든 참상 때문에 제풀에 겁먹어 도망가버렸다는 너무나도 섬뜩한 이야기들이 시시각각 말해졌다. 금지구역을 둘러싼 거대한 길 전체가 우울과 침묵, 역병과 죽음 속에 남았다.

골목을 허둥지둥 내려오던 다리와 잘난 휴 타폴린은 좀 전에 말한 페스트 금지구역을 가리키는 거대 장벽 앞에서 자신들의 행로가 느닷없이 막혔다는 것을 깨달았다. 돌아가는 건 말해봤자 소용없는 일, 추격자가 발뒤꿈치까지 따라온 상황에서 시간을 지체할 수는 없었다. 얼기설기 만든 널빤지 벽을 기어오르는 것은 이 순혈 선원들에게 식은 죽 먹기였다. 달리기와 알코올 덕분에 두 배로 흥분한 그들은 망설임 없이 입구로 뛰어들었다. 그리고 취한 채 비명과 고함을 지르며 곧 악취가 나는 복잡하고도 으슥한 곳을 헤매게 되었다.

인사불성이 되도록 취한 게 아니라면, 그들의 비틀거리는 발걸음은 상황에 놓인 공포 때문에 마비된 게 틀림없었다. 공기는 차갑고 안개가 자욱했다. 원래 있던 데서 삐져나온 바닥의 돌은 발과 발목을 다 덮을 정도로 무성하게 자란 풀 사이에 어질러져 있었다. 무너진 집들이 거리를 긴장시켰다. 최고로 고약하고 유독한 악취가 어디든 팽배했다. 한밤중인데도 자욱한 역병의 공기 속에서 새어 나오는 섬뜩한 불빛에 도로나 골목에 쓰러져 있거나 창 없는 집 안에서 썩어나고 있는 많은 야행성 약탈자들의 시체를 알아볼 수 있었는데 이들은 도둑질의 찰나에 전염병의 손에 붙잡힌 것이었다.

그러나 이러한 장면, 혹은 감각, 혹은 방해물들도 본성적으로 용감한, 그리고 특히 그 순간에는 용기와 '센 술'로 충만한 이들의 행로를 멈출 수 없었다. 이들은 그들의 상태가 허락하는 한 똑바로, 그러나 비틀거리며 죽음의 입속으로 굴하지 않고 들어갔다. 앞으로, 그래 앞으로! 단호한 다리는 걸어가면서도 전쟁 때 인디언들이 지르는 것 같은 거대한 함성을 질러 황량한 엄숙함을 퍼뜨리고 또 퍼뜨렸다. 앞으로, 앞으로, 땅딸막한 타폴린은 더 적극적인 친구의 소매에 매달려 뒤뚱대며 나아갔는데, 노래 방면에선 타폴린의 폐

깊숙이 나오는 우렁찬 저음의 황소 소리에 다리의 가장 격렬한 노력이 한참 못 미쳤다.

그들은 이제 분명 역병의 중심지에 도달했다. 모든 행보나 돌진이 점점 더 역겹고 끔찍해졌다. 길은 더 좁아지고 복잡해졌다. 그들의 우울하고 요란한 방문 덕에 바로 위의 낡은 지붕들에서 떨어지는 커다란 돌과 기둥이 이곳을 둘러싼 집들의 광활한 높이를 짐작하게 했다. 종종 보이는 쓰레기 더미는 실제로 뚫고 길을 만드는 노력까지도 요했는데, 이때 손이 해골에 닿거나 더 물컹한 시체에 놓이는 일도 결코 드물지 않았다.

어느샌가 선원들은 크고 섬뜩하게 생긴 건물 입구 하나를 우연히 발견했다. 흥분한 다리의 목구멍에서 보통의 새된 소리가 아닌 고함이 나왔는데, 이에 답해 거칠고 웃음소리 같기도 한 사악하고도 날카로운 비명이 연속으로 빠르게 들렸다. 그런 상황, 혹은 때와 공간에서는 심장의 피가 얼어붙었을 법도 한데, 이 취한 이인조는 그 소리에 조금도 기죽지 않고 안으로 돌진해 문을 열어젖혔으며 욕을 연발하며 물건들 틈으로 비틀비틀 걸어갔다.

그들이 있는 방은 장의사(葬儀社)인 듯했는데, 입구 옆 구석의 작은 문 사이로 와인 셀러가 보이고 가끔 병끼리 부딪혀 들리는 소리의 깊이로 짐작건대 내용물들이 적절하게 잘 보관되어 있는 것 같았다.

방 한가운데에는 식탁이 있었는데, 식탁 중간에는 펀치[2]로 보이는 술이 커다란 통에 담겨 세워져 있었다. 다양한 와인과 양주가 담긴 병들이 여러 모양과 재질의 주전자, 피처, 호리병과 함께 식탁 위에 여기저기 풍성하게 놓여 있었다. 이를 둘러싸고는 여섯 명의 사람들이 네 발 달린 관 가대 위에 앉아 있었다. 이 무리를 한 명씩 묘사해보도록 하겠다.

입구 앞쪽에서 다른 사람들보다 약간 높이 앉아 있는 이는 그 자리의 대장처럼 보였다. 그는 수척하고 키가 컸는데, 다리는 자신보다 쇠약해 보이는 사람을 보고 당황했다. 사프란처럼 노란 그의 얼굴은 단 하나를 빼놓고는 어떤 특징도 충분히 두드러지게 묘사했다고 할 수가 없었다. 그 하나란 바로 무척 괴이하고 흉측하게도 높이 솟아 있는 이마였는데, 꼭 원래 머리에 살로 만든 모자나 왕관을 덧붙인 것 같아 보였다. 그는 입이 일그러지고 보조개가 움푹 패여 섬뜩하게 상냥한 인상을 주었으며, 눈은, 사실 식탁의 모두가 그랬듯이, 술기운으로 이글거리고 있었다. 이 신사는 머리부터 발끝까지 고급스럽게 자수가 박힌 까만 실크 벨벳 관보를 입고 있었는데 그것은 스페인식 망토 느낌으로 그의 형태를 따라 대충 둘러져 있었다. 머리엔 영구차에 다는 흑담비 장식이 수북이 꽂혀 있었으며 그의 고개는 의기양양하게

2 물, 과일즙, 향료에 보통 포도주나 다른 술을 넣어 만든 음료. _ 역주

아는 체를 하며 앞뒤로 끄덕였다. 오른쪽 손에 들린 커다란 넓적다리뼈는 방금까지 몇몇 참가자들에게 노래를 시키면서 바닥을 두드리는 데에 쓴 듯했다.

맞은편에 문을 등지고 앉은 여인도 그 못지않게 특이했다. 키는 방금 말한 남자만큼 크긴 했으나 그의 비정상적으로 수척한 몸을 지적할 권한은 없어 보였다. 여인은 분명 수종[3] 말기 환자였다. 그 몸통은 그 바로 옆 방 한구석에 세워진 거대한 옥토버 맥주 통과도 흡사했다. 얼굴은 과하게 둥글고 빨갰으며 통통했다. 그리고 아까 대장의 경우와 마찬가지로 용모에 똑같이 기이한 특징이 있었다, 아니 차라리 기이한 특징이 없었다. 무슨 말인고 하니 얼굴에서 단 한 가지만이 그 캐릭터를 충분히 구별할 수 있다는 것이다. 기실 예리한 타폴린은 이 점이 파티에 있는 사람 각자에게 똑같이 적용될 수 있음을 바로 알아차렸다. 각자 꼭 생김새의 특정한 부분을 독점하고 있는 것 같았다. 이 의문의 여인에게 그 부분이란 입이었다. 오른쪽 귀에서부터 시작해 왼쪽까지 그 입은 어마어마하게 찢어져 있었다. 양 귓바퀴에 단 짧은 귀고리가 구멍에서부터 까닥거렸다. 그러나 그는 입을 다물고 위엄 있어 보이려는 모든 노력을 다했는데, 턱 끝까지 오는

---

3 신체의 조직 간격이나 체강(體腔) 안에 림프액, 장액(漿液) 따위가 많이 괴어 있어 몸이 붓는 병. _ 역주

그의 드레스는 막 풀을 먹여 다림질한 수의로 아마포 모슬린으로 된 주름이 달려 있었다.

여인의 오른쪽에는 여인의 돌봄을 받는 듯한 왜소한 젊은 여자가 앉아 있었다. 이 연약한 작은 생명체는 쇠약한 손가락을 떨고 있었으며 시푸른 입술 색과 약간의 소모열 홍조 때문에 띠는 납빛 인상으로 볼 때 농마성 폐결핵이 분명했다. 그러나 전체적으로는 과도하게 하이패션의 분위기를 풍겼다. 우아하고도 귀족적인 태도로 그는 최고급 인도 론천으로 만든 크고 아름다운 수의를 입고 있었다. 땋은 머리는 목까지 내려왔다. 입가에는 희미한 웃음이 맴돌았다. 그러나 코만은 과하게 길고 가늘었으며 구불구불하게 굴곡져 여드름이 난 채로 아랫입술보다도 더 아래로 처져 있었다. 혀로 그것을 이따금 이쪽저쪽 옮겨 보는 그 섬세한 솜씨에도 불구하고 그 코는 그의 용모에 다소 어정쩡한 인상을 주었다.

이 여자의 맞은편이자 수종 여인의 왼편에는 약간 부은 채로 숨을 씨근덕거리는 통풍 환자 노인이 앉아 있었는데 볼이 어깨까지 처져 커다란 오포르토 와인 주머니 같았다. 팔짱을 끼고 붕대로 감은 한 발을 식탁에 올린 그는 자신이 어떤 생각에 빠질 권리가 있다고 여기는 듯했다. 자기 자신의 외모 구석구석을 매우 자랑스럽게 여기는 게 분명했으며, 특히 촌스러운 프록코트가 관심을 받는 것에 더욱 기뻐했다. 솔직히 말하자면 거의 얼마 하지 않았을 것 같은 그 코트는 그에게 지나치게 잘 어울렸는데 기묘하게 수가 놓인 실크 커버로 만들어졌으며 영국이나 여타 국가에서 고인이 된 귀족의 집들에 가면 눈에 띄는 곳에 관습적으로 다는 그런 영광의 문장들이 수놓아져 있었다.

그 옆이자 대장의 오른쪽에는 길고 흰 바지 안에 면 속바지를 입은 신사가 있었다. 그는 우스꽝스럽게 뻐대를 흔들어댔는데 타폴린에 따르면 그것은 '환각 증세'였다. 막 면도를 한 그의 턱은 모슬린 붕대로 꽉 묶여 있었고 팔도 똑같이 손목에 묶여 식탁 위의 양주 앞에서 너무나도 자유로울 수밖에 없는 그를 막고 있었다. 와인을 질질 흘리고 있는 유난히 주정뱅이 같은 그 얼굴만 보아도 예방책이 필요했을 것이라고 다리는 짐작했다. 의심의 여지 없이 주체하기 불가능했을 엄청난 귀는 그럼에도 불구하고 건물의 대기를 뚫고 나갈 듯했으며 이따금 코르크를 따는 소리에 경련이 일어 쫑긋 치켜세워졌다.

그 앞에는 마지막이자 여섯 번째로 유독 굳은 표정의 사람이 앉아 있었는데 몸이 마비된 그는 복장도 거추장스러워 솔직히 말하자면 무척 불편할 게 틀림없었다. 그는 다소 특이하게 새것인 데다가 잘빠진 마호가니 관 안에 들어가 있었다. 남자의 두개골 위를 누르고 있는 그 관의 뚜껑 혹은 상단부가 후드처럼 늘어뜨려져 얼굴 전체에 설명하기 어려울 만큼 신기한 분위기를 내었다. 우아함보다는 편리함을 위해서 겨드랑이 부분이 트여 있었다고 해도 옷은 그 주인이 다른 사람들만큼 똑바로 앉을 수 없게 했다. 관 가대에 사십오 도 정도 기대어 있던 그는 커다랗고 툭 튀어나온 눈 안의 징그러운 흰자위들을 천장 쪽으로 치켜떴는데 눈이 얼마나 큰지 자기가 지레 놀라고 있었다.

각 참가자 앞에는 두개골이 하나씩 놓여 술잔으로 쓰이고 있었다. 머리 위에는 사람 뼈가 달려 있었는데 발 하나에 줄이 감겨 천장의 고리에 매달려 있었다. 다른 쪽 다리는 별다른 족쇄 없이 몸 앞쪽으로 튀어나와 이따금 건물 안으로 바람이 한 줄기씩 갑자기 들어올 때마다 헐겁고 삐거덕거리는 해골 전체가 달그락거리거나 빙빙 돌았다. 흉측한 해골의 두개골 안에는 불붙은 석탄이 제법 들어 있어 잠깐씩이지만 강렬한 빛을 방 한가득 내기도 했다. 방 주변과 창문 앞으로 관과 장의사에 있는 다른 물건들이 높이 쌓아져 있어 빛 한 줄기도 거리 밖으로 새어 나가지 못했다.

이 기이한 모임의 참가자들, 그리고 더 기이한 그들의 소지품이 보여주는 광경 앞에 우리의 두 선원은 기대한 만큼의 예의를 갖추지 못했다. 그가 서 있게 된 곳에서 가까운 벽에 기대어 다리는 평소보다 더 크게 입을 쩍 벌리고 눈을 최대한 활짝 떴다. 휴 타폴린은 코가 식탁에 닿을 정도로 허리를 굽히고 손바닥을 각 무릎 위에 올린 채 한참 야단스레 웃음을 터뜨렸는데 타이밍도 적절치 않고 예의도 없었다.

그러나 지나치게 무례한 그런 행동들에도 굴하지 않고 키 큰 대장은 훼방꾼들에게 품위 있는 미소를 지으며 흑담비 깃털이 꽂힌 그 머리를 위엄 있게 끄덕였다. 그리고는 일어나서 그들의 팔을 하나씩 잡고 좌중의 몇몇 사람들이 그동안 그의 편의를 위해 만들어놓은 자리로 이끌었다. 이 모든 것을 다리는 조금도 거부하지 않고 시키는 대로 앉았다. 그러나 용감한 휴는 식탁 머리맡에 놓인 자신의 관 가대를 수의 입은 조그만 폐결핵 여인 곁으로 옮기고 그 옆에 털썩 앉아 신이 나서는 두개골에 레드와인을 따라 붓고 여인에게 친한 척을 하며 벌컥벌컥 마셨다. 이 주제넘은 행동에 굳은 표정으로 관 안에 있던 남자는 무척 화나 보였고 하마터면 끔찍한 일이 일어날 뻔했지만 대장이 지휘봉으로 식탁을 두드리며 모두를 주목시켰다.

"이 즐거운 행사에서 우리가 해야 할 일은…"

"거기 그만!"

다리가 매우 진지한 표정으로 끼어들었다. "잠깐 멈춰, 그러니까 당신 악마들이 누군지, 여기 무슨 일로 왔는지 말해보라고. 역겨운 마귀처럼 입고 말이야. 당신들이 마시는 그 '스누그 블루 루인'은 내 친애하는 뱃친구 윌 윔블, 우리 장의사가 겨울용으로 쟁여둔 거라고."

이 용서할 수 없이 버르장머리 없는 태도에 원 참가자들은 모두 반쯤 일어나서 좀 전에 선원들의 주목을 끌었던 바로 그 거칠고 사악한 비명소리를 빠르게 연발했다. 그러나 대장은 가장 먼저 평정심을 찾고서 마침내 다리에게 크나큰 위엄을 보이며 다시 시작했다.

"그야 어떤 합당한 궁금증도, 우리 초대받지는 않았지만 저명하신 손님들께서 있으시다면 기꺼이 풀어드리리다. 우선 이곳에서 짐은 군주요, 여기서 '페스트왕 1세'란 이름으로 통일 제국을 다스리고 있다는 것을 아시오.

당신은 불경하게도 이 건물을 우리가 모르는 장의사 윌 윔블—우리의 고귀한 귀청은 그런 교양 없는 이름을 단 한 번도 들어본 적이 없소만—의 가게로 알고 있는 게 분명하지만, 이 건물은 그러니까 우리 궁전의 집무실이자 왕국의 의회이자 다른 몇몇 신성하고 고귀한 목적들도 수행할 수 있는 곳이오.

반대편에 앉으신 저 귀한 분은 페스트여왕, 짐의 왕후요. 당신이 보고 있는 다른 높으신 분들도 모두 짐의 가족들이오. 각각 '페스트성(Pest-Iferous) 대공' '페스트적(Pest-Ilential) 공작' '템페스트(Tem-Pest) 공작' 그리고 '안나페스트(Ana-Pest) 대공비'라 불리며 귀족 혈통의 휘장을 지니고 있소."

"당신들이 물어본," 그가 말을 이어갔다. "의회에 앉아 있는 우리의 일이 무엇인지에 대해 그것은, 그것은 오로지 우리만의 사적이고 왕족다운 관심사이기에 우리를 제외한 다른 어떤 이에게도 더 중요하지 않다고밖에 답을 못하는 것을 용서하시오. 허나 당신들 같은 손님 혹은 이방인들이 응당 느낄 수 있는 권리를 고려해 찬찬히 설명하리다. 우리는 철저한 조사와 정확한 수사 끝에 오늘밤 이곳에 모여, 품격 있는 이 대도시에서 나온 와인, 맥주, 양주가 선사하는 이 무한한 미각의 보배 속 어떤 정신, 헤아릴 수 없는 품질의 설명하기도 어려운 그 정신을 맛보고 따지고 신중히 알아볼 준비가 되었소. 그리하여 우리 같은 이들의 설계보다도 우리 모두를 다스리는 이 영험한 군주께서 실행하시는 진정한 복지가 진전되기를. 군주님의 영토는 끝이 없다네. 군주님의 이름은 '죽음'이라네."

"이름이 데비 존스라고!" 타폴린이 외쳤다. 그리고는 옆에 앉은 여인에게 양주 한 두개골을 따라주고 자신의 두 번째 잔도 따라 부었다.

"불경한 것 같으니!" 그제야 대장은 잘나신 휴에게 관심을 돌리며, "불경하고 저주 받은 놈이로다! 아까도 말했지만 우리는 너같이 더러운 인간일지라도 그 권리를 침범하지 않으려는 마음에서 체면을 다 버리고 네 경박하고 철없는 물음에 답했도다. 그러나 멋대로 쳐들어온 너희의 신성치 못한 의회 불법 점유에 너와 네 동료에게 블랙스트랩 한 갤런씩을 부과해야겠다. 여기 무릎을 꿇고 우리 왕국의 번영을 빌며 단숨에 들이켜라. 그러면 네놈들에게는 제각기 원하는 바에 따라서 앞길을 가거나 이 상 위의 특권들을 허락받거나 할 자유가 당장에 주어지리라."

"그것은 전적으로 불가능합니다." 다리가 대답했다. 페스트왕 1세의 권력과 위엄에 모종의 존경심을 갖게 된 것이 분명한 그는 일어서서 식탁에 몸을 가누며 말했다. "황송하오나 폐하, 폐하가 방금 말씀하신 그 술의 4분의 1도 제 선창에 싣는 것이 전적으로 불가능합니다. 오전에 바닥짐으로 갑판에 깐 물건들은 말할 것도 없고 오늘 저녁에 다른 항구들에서 실은 온갖 맥주와 양주들도 말하면 입만 아픕니다. 방금은 또 '얼큰한 뱃사람'이라는 데서 정당하게 값을 내고 '센 술'을 한바탕 마셨습니다. 그러니까 부디 폐하, 너그러이 그 뜻을 거두어 주시옵소서. 무슨 일이 있어도 저는 단 한 방울의 술도, 특히 블랙스트랩이라 불리는 그 사악한 구정물은 단 한 방울도 삼킬 수도 없고, 또 삼키려 하지도 않겠습니다."

"그만!" 타폴린이 끼어들었다. 그는 친구의 장황한 연설보다도 그 거절의 진의에 더 놀랐다. "그만해, 이 미련퉁아. 내 말하는데 다리 너, 헛소리 집어치워. 네 건 솔직히 위에다가 좀 많이 신긴 했는데 내 선체는 아직 가볍다고. 짐 나눠 담는 게 문제라면 그만 꽥꽥대고 내 짐칸이나 찾아보셔. 그나저나…"

"이 절차는," 대장이 끼어들었다. "절대 벌금이나 처벌이라는 말에 상응하지 않고 메디아와 비슷해서 바꾸거나 취소할 수 없다. 우리가 부과한 조항들은 글자 그대로 지체 없이 이행되어야 하고, 만약 이행에 실패하면 우리는 여기서 너희의 목과 발을 묶어 적절한 절차에 따라 저기 있는 옥토버 맥주 통 안에 빠뜨릴 것을 명한다!"

"처형하라! 처형! 올바르고 정의로운 처형! 영광의 판결! 최고로 값지고 똑바른, 그리고 신성한 선고로다!" 페스트 일가가 다 함께 소리쳤다. 왕은 이마를 들어 올려 무수한 주름을 지어 보였다. 소름 끼치는 작은 노인은 풀무마냥 헉헉거렸다. 수의 입은 여자는 앞뒤로 코를 흔들었다. 면바지를 입은 신사는 귀를 쫑긋 세웠다. 수의 입은 여인은 죽어가는 생선처럼 헐떡댔다. 관 남자는 뻣뻣하게 서서 눈을 굴렸다. "윽! 윽! 윽!" 타폴린은 다른 이들의 흥분에 개의치 않고 킬킬댔다. "윽! 윽! 윽! …윽! 윽! 윽! 윽! …윽! 윽! 윽! 그러니까," 그가 말했다. "그러니까 페스트왕 씨가 쇠꼬챙이같이 끼어들기 전에 내 말은, 내 배처럼 빽빽해도 위에 뭐가 많지는 않은 배에 블랙스트랩 두세 갤런 정도 신는 거야 아무것도 아니지만, (신이 용서하신) 저 악마의 축배를 마시고 내 무릎 뼈를 저 못생긴 폐하 앞에 꿇는 거는 전적이고 종합적으로 내 상식 밖의 좀 다른 거시기란 말이지. 그리고 내 자신이 죄인이라는 걸 알듯이 저자 또한 내 아는데, 연극배우 팀 헐리걸리 아니면 뭐란 말인가!"

그는 이 말 또한 평화롭게 끝마칠 수 없었다. 팀 헐리걸리란 이름이 나오자 모든 이들이 자리에서 뛰쳐나왔다.

"반역!" 페스트왕 1세 폐하가 외쳤다.

"반역!" 통풍 노인이 말했다.

"반역!" 안나페스트 대공비가 소리쳤다.

"반역!" 턱 묶인 신사가 투덜거렸다.

"반역!" 관 남자가 으르렁거렸다.

"반역! 반역!" 입 큰 왕비마마가 꽥꽥거렸다. 그리고 막 술을 따르기 시작한 불쌍한 타폴린의 바지 뒷부분을 잡았다. 왕비는 그를 공중으로 높이 들어 커다란 나무통 안 그가 사랑하는 맥주 속으로 격의 없이 빠뜨렸다. 그는 위스키 속 사과마냥 몇 초간 위아래로 까닥거리다 그가 허우적거린 덕분에 이미 기포가 일고 있는 그 술의 거품 소용돌이 속으로 끝내 사라졌다.

그러나 키 큰 선원은 친구의 패배를 가만 보고 있지는 않았다. 용맹한 다리는 아가리를 벌린 지하실 속으로 페스트왕을 떠밀고 욕설과 함께 뚜껑을 쾅 닫은 뒤, 방 한가운데로 달음박질쳤다. 그리고 식탁 위에 매달린 해골을 끌어내려 엄청난 힘과 선의로 주변을 닥치는 대로 쳤다. 건물 안으로 들어오던 한 줄기 빛마저 사라졌을 때, 그는 통풍 신사의 머리를 날리는 데 성공했다. 그리고는 전력을 다해 옥토버 맥주와 휴 타폴린으로 채워진 죽음의 술통으로 돌진해 즉시 그것을 굴렸다. 술의 홍수가 한바탕 매우 사납게, 맹렬하게, 압도적으로 쏟아졌으며 벽에서 벽까지 방이 술로 가득 찼다. 식탁은 뒤집어졌고 가대는 뒤로 나뒹굴었으며 펀치 통은 벽난로로 던져졌고 여인들은 히스테리를 보였다. 죽음의 가구 더미들은 허우적거렸다. 주전자, 피쳐, 양동이는 되는 대로 뒤섞여 아수라장을 이뤘으며 잔가지로 엮은 호리병은 폐병들에 절박하게 부딪혔다. 환각 남자는 물에 빠져 즉사했으며 뻣뻣한 작은 신사는 관을 타고 떠올랐다. 승리의 다리는 수의를 입은 뚱뚱한 여인의 허리를 움켜쥐고 거리 밖으로 뛰쳐나와 '자유와 태평'호로 직진했다. 예사롭지 않은 휴타폴린도 서너 번 재채기를 한 뒤 헐떡펄떡거리며 안나페스트 대공비와 함께 바람을 등지고 그 뒤를 따랐다.

해제

미국 추리소설의 창시자로 알려져 있는 애드거 앨런 포는 우리에게 『어셔가의 몰락』(1839), 『모르그가의 살인 사건』(1841)과 같은 대표 작품뿐 아니라 질병과 관련한 그 자신의 불행한 삶으로도 잘 알려져 있다. 그는 세 살이 되기 전에 어머니가 결핵으로 죽어 고아로 자란다. 이후 결혼한 어린 사촌 동생 버지니아 역시 결핵으로 죽고, 2년 뒤 포 자신도 행려병자로 다니다 환각 증상을 보여 병원에 입원, 40세의 나이로 숨을 거둔다.

1935년에 쓴 단편 소설 「페스트왕」은 14세기 중반에 전 세계에 퍼졌던 흑사병의 시대를 다루고 있다. 무역선 '자유와 태평'호의 선원 '다리'와 '휴 타폴린'은 배가 잠시 정박한 사이 선술집에서 무전취식을 하고 도망친다. 그 와중에 이들은 흑사병으로 출입이 제한된 구역에 들어서게 되는데, 폐가가 된 건물들과 시체로 가득한 그곳은 이미 삶의 흔적이 사라진 지 오래이다. 그러나 재난을 기회로 삼는 이들은 어디에도 있어 선원들은 장의사 윌 윔블의 창고에 모여 술을 마시는 한 무리를 발견하게 된다. 수종, 폐결핵, 통풍, 알코올중독 등 이미 각종 질병을 겪고 있는 이들의 왕족 행세는, '유해한(pestiferous)' 대공, '폐해를 끼치는(pestilential)' 공작과 같은 이름에서부터 그 패러디가 겨냥하는 권력에 대한 포의 비판을 짐작하게 한다. 물론 이것이 서민들 스스로 의도한 바는 아니다. 배우 '팀 헐리걸리'가 아니냐는 휴 타폴린의 말에 광기를 일으키는 이들 '페스트왕' 집단은 자신들이 전유한 권력의 환상에 도취해 있으며, 권력은 금세 무너지지만 강탈과 폭력은 이어진다.

"알레고리를 포함한 한 이야기"라는 부제에도 나타나듯 다리와 휴 타폴린이 맞닥뜨린 페스트를 포가 경험했던 19세기의 미국의 정치적 부패와 사회적 무질서에 대한 알레고리로 읽을 수도 있을 것이다. 그러나 질병을 통해 타락, 부패,

아노미와 같은 공포의 대상들을 손쉽게 은유하는 방식이 실제 질병과 그 환자들을 타자화한다는 수전 손택의 지적[4]과, 하루에도 수천 명씩 사망자가 나오는 팬데믹이 더 이상 알레고리가 아닌 현실이 되어버린 세계를 고려했을 때 「페스트왕」은 차라리 다큐멘터리적이다. 무국적의 전염병이 세계 전역에서 일으키는 인적 · 물적 피해를 목격하면서도 이를 부정하기 위해 자신만의 논리와 집단(흔히 유권자 혹은 신도로 나타나는)으로 무장한 폐쇄적 왕국들을 이미 우리는 여럿 목격했다. 그러나 그 권력을 묵인할 만큼 외부의 대중들은 우매하지 않아서 이것의 몰락은 예정되어 있다. 다만 몰락의 그 자리에 다시금 강자들의 연대, 폭력, 광기와 혐오가 발생할 수 있고 그래 왔음을 잊어서는 안 될 것이다.

강도희
문학연구자. 1995년 부산에서 태어났다. 서울대학교 국문과에서 석사학위를 받았다.

---

4 수전 손택, 『은유로서의 질병』, 이재원 역, 이후, 2002, 88-89쪽.

∞ 쟁점-서평

달리는 열차에 매달린 눈송이의 뜻은

『**떠도는 땅**』 김숨, 은행나무, 2020

정은경

1937년 9월 어느 날, 블라디보스토크 신한촌 언덕 밑 페르바야 레치카역에 수백 명의 고려인들이 모여들고 이들을 실은 화물열차가 6,000km가 넘는 대륙을 가로지른다. 그렇게 시작된 고려인 강제이주는 12월 말까지 이어져 124대의 열차가 18만 명의 한인들을 중앙아시아의 허허벌판에 짐짝처럼 부려놓는다. 시베리아의 추위는 맹렬해졌고, 준비해 간 식량으로 간신히 허기를 때우며 기차바퀴 소리 속에 갇힌 고려인들의 불안과 공포 또한 끝 간 데 없이 사나워졌다. 그들은 창문도 없는 화물열차에서 임시방편으로 용변을 해결해야 했고, 간간이 정차하는 역에서 바뀐 물 때문에 배탈을 앓아야 했으며, 면역력이 약한 아이와 노인들은 병들어 끝내 땅을 밟지 못했고, 열차가 전복되기도 했다. 고려인 1천 명이 이 광란의 열차 행렬에서 목숨을 잃었다. 극동지역에서 점점 커져가는 일본 세력을 두려워한 스탈린이 1937년 고려인들을 친일파 혹은 일본 첩자로 몰아 국경지역에서 이들을 송두리째 뽑아내 중앙아시아로 강제이주시키는 도중에 일어난 일이다.

이 지옥 열차에는 봉오동 전투의 영웅 홍범도 장군도 타고 있었고, 카프 작가 조명희의 가족, 박헌영의 아내이자 혁명가 주세죽, 노벨문학상 후보에 올랐던 러시아 한인 작가 아나톨리 김의 부모, 러시아 대중음악 슈퍼스타였던 빅토르 최의 할아버지가 타고 있었다. 그리고 열차에 오르지 못하고 블라디보스토크에 남겨진 많은 인물들이 친일파로 체포, 총살당하거나 감옥에 수감됐다. 2,500여 명으로 추산되는 이들 중에는 '조명희'도 포함되어 있었다. 1928년 7월 일제 탄압을 피해 소련으로 망명, 신한촌에서 고려인 신문 『선봉』 등을 이끌던 독립운동가 조명희는 KGB에 '인민의 적'이라는 죄명으로 체포되어 1938년에 총살당했던 것이다. 식민지 조선인들의 가슴을 뜨겁게 했던 '날으는' 홍범도 장군은 시베리아 횡단열차에 의해 가장 먼 곳인 얀 크루간 지방 사나리크에 부려져 콜호즈에서 일했고 말년에는 크질오르다의 극장에서 수위 일을 하다가 1943년 해방 2년 전에 쓸쓸히 죽음을 맞았다. 주세죽은 박헌영과의 사이에서 낳은 딸 비비안나를 소련의 보육원에 맡겨야 했고, 일제 밀정으로 총살당한 두 번째 남편 김단야를 잃고 강제이주열차에 올랐으며, 이 열차에서 김단야와의 사이에서 낳은 아이를 떠나보내고 크질오르다에서 유배를 살다 1953년 생을 마감했다.[1]

김숨의 『떠도는 땅』은 이들의 이야기이다. 소설은 화물차 한 칸에 실린 고려인들이 중앙아시아의 황무지에 버려지기까지의 한 달가량의 이야기를 담고 있다. 우선 이 작품은 이들이 탄 열차의 열악함과 고난의 여정을 조명한다. 가축운반열차 속에서 이들은 악취와 추위에 떨며 각자 챙겨 온 식량으로 간신히 최소한의 생존을 이어간다. 두 통의 양철통을 만들어 하나는 물통으로, 또 하나는 분뇨통으로 사용하면서 낮인지 밤인지도 모를 하루하루를 넘겨야 하는 이들이 잃은 것은 집이 아니라 존엄이다. 야만의 시간 위에 어디가 최종 목적지인지도 알 수 없는 불안과 공포가 겹치면서 그들은 '휴먼'이 갖는 모든 뿌리들—집, 가족, 민족, 이웃, 마을, 언어, 위생, 치안—과 결별한다.

그들이 탄 열차칸 너머로 누군가의 죽음이 풍문처럼 떠돌고, 화물칸의 따냐도 갓난아이를 잃는다. 추위와 굶주림으로 울지 않는 아이의 시체를 열차 밖으로 던져버려야 하는 따냐 부처의 처절한 고통, 잠시 정차한 열차 밑에서 소변을 보다가 끝내 열차에 오르지 못한 시어머니(소덕)와의 충

---

1 주세죽의 파란만장한 생애는 조선희의 『세 여자』(한겨레출판, 2017) 참조.

격적인 이별 등은 강제이주열차의 폭력성을 고스란히 드러내고 있다. 작가는 달리는 열차가 흩뿌려놓는 원심력에 대항해 이들 가족의 내력을 구심력 삼아 철도 위에 '떠도는 땅'을 일궈놓는다. 이들이 펼쳐놓는 이야기는 달리는 열차에 내리는 눈송이처럼 6,000킬로의 레일 위에 흩뿌려지고 흔적 없이 사라진다. 그럼에도 불구하고 점점이 흩어져 간 이들의 희미한 서사는 레일을 타고 끈질기게 살아남아 히말라야의 설산 못지않은 거대한 역사를 증언하고 있다.

이들의 내력을 살펴보기 전에 한인의 러시아 유민사를 잠시 짚고 넘어가자. 한인의 러시아 지역 이주는 19세기 후반기로 거슬러 올라간다. 기근과 가난, 악정에 몰린 조선인들이 죽음을 무릅쓰고 두만강을 건너 우수리스크를 비롯한 연해주에 정착한다. 1870년경에는 연해주에 7개의 고려인 촌이 건설되었고, 그 규모는 차츰 커져서 1917년경에는 인구 25만 명에 이르게 된다.[2] 이 중에 블라디보스토크의 신한촌은 해외독립운동의 거점 역할을 했는데, 을사조약 이후 궁민 이외에 항일망명자들이 대거 이주해 온 것과 연관된다. 가령 조선 말 간도관리사였던 이범윤을 비롯해 홍범도, 안중근, 유인석, 엄인석 등의 의병들과 독립운동을 지원하고 한인사회의 지도자 역할을 했던 부호 최재형, 그리고 「是日也

---

2 권영훈, 『고려인이 사는 나라 까자흐스딴』, 열린책들, 2001

放聲大哭」의 장지연과 이상설, 이동녕, 박은식, 이동휘 등의 독립지사들이 이곳에 집결하여 군사활동과 항일언론 활동을 펼쳤다. 그러나 한인사회는 소비에트 혁명과 내전에 휩싸여 계급과 이념에 의해 분열되고 일제 탄압을 받으면서 구심점을 잃게 된다. 1918년 혁명 직후 일어난 러시아 내전은 고려인들의 끔찍한 희생을 초래했는데, 백군세력(반혁명 세력), 일본, 미국 등의 수중에 넘어간 극동지역에서 백군을 등에 업은 일본인들이 한인사회를 파괴하고 반일활동을 하던 고려인들을 무자비하게 학살한 것이다. 『떠도는 땅』에도 등장하는 정의로운 '갑부' 최재형은 신한촌의 '권업회' 회장으로 홍범도 등의 항일세력을 지원했을 뿐 아니라 이로 인해 1920년 4월 참변 때 일본군에 의해 즉결 처형된 비운의 영웅이다. 1937년 강제이주는 스탈린의 콜호즈(집단 농장)의 조직과 민족주의 말살 정책과 맞닿아 있는 것으로, 러시아 고려인들은 다른 소수민족과 함께 점차 소비에트 국가주의에 예속되어 민족정체성을 상실하게 된다.

『떠도는 땅』의 열차에 오른 이들의 내력 또한 저 위 군상들과 유사하다. 우선 의도적으로 추상화되고 점묘적으로 흩어져 있는 작품 속 인물군 중에서 초점 인물 역할을 하고 있는 금실을 보자. 그녀는 남편 근석이 보따리 장사를 떠나고 없는 사이에 시어머니인 소덕과 함께 열차에 타게 된다. 금실의 고향은 함경북도 무산군 쑥새이다. 다섯 살 되던 1910

년 초봄에 그녀의 아버지 길동수는 일본지주 밑에서 시달리다가 러시아에 가면 땅을 분배받을 수 있다는 소문을 듣고 러시아 파르티잔스크로 건너간다. 신한촌에 정착하여 성장한 금실을 통해 소설은 신한촌 거리, 말 탄 차르 군대, 붉은 깃발을 든 볼셰비키들 등 러시아 격변을 스케치하고 있다. 금실의 남편 근석의 백부는 집안의 종손으로 조선 독립이 요원하다고 판단, 두 아들을 철저한 러시아인으로 키우면서도 순혈주의에 사로잡혀 러시아 며느리를 끝내 외면한다. 근석의 어머니 소덕은 근석 위로 아들 둘을 더 낳았지만 둘째는 뇌막염에 걸려 죽고, 첫째는 한인사회당 당원으로 활동하다가 4월 참변 때 일본 군인에게 총살당하고 만다. 소련 경찰들에게 이주 통지를 받은 후 소덕은 광목치마를 잘라 마흔두 개의 주머니를 만들고 그 안에 곡식 씨앗을 담는다. 그녀는 그 주머니를 매단 옷을 입고 열차에 오르면서 며느리에게 이렇게 당부한다. "나는 까마귀밥이 되든 말든 들판에 버려도 되지만 내가 입고 있는 저고리하고 치마는 벗겨서 꼭 챙겨 가져가야 한다." 그러나 소덕의 씨앗은 끝내 새로운 땅을 만나지 못한다.

블라디보스토크의 노동자들을 상대로 하숙을 치고 밥과 술을 팔던 들숙은 아들 최 아나똘리와 함께다. 들숙은 러시아 라즈돌나야 강가 숲에서 태어나 담비 사냥꾼인 아버지 밑에서 자란다. 열아홉 살에 금점꾼을 만나 블라디보스토크로 옮기지만 첫 번째 남편을 잃고 다시 금전꾼인 두번째 남편을 만나 아나똘리를 낳는다. 두 번째 남편마저 금광을 찾아 떠나자 아나똘리를 혼자 키워야 했던 들숙은 아들이 조선인이라는 소외감으로 인해 비뚤어진 청년으로 커가는 것을 가슴 아프게 지켜보게 된다.

1886년 함경북도 경원군 안농리에서 태어난 황노인은 열다섯에 고향을 떠나 러시아의 그레데코보의 조선인 마을에 정착한다. 50여 채의 원호촌 마을에서 노비살이를 한 황노인은 원호(러시아로 귀화해 땅을 분배받은 한인)와 여호(신민증을 취득하지 못한 한인)와의 갈등과 차별을 증언한다. 그는 아내가 티푸스로 세상을 떠나자 열 살 난 아들 일천을 조선인 갑부(최재형으로 추정) 집에 맡기고 캄차카 어장으로 흘러든다. 조선인끼리 싸우는 걸 말리다가 얼결에 한 사내를 죽이게 되고 평생 그 죄책감을 짊어지고 이곳저곳을 떠도는 인물로 그려진다. 황노인의 아들 일천은 조선인 갑부 밑에서 크면서 그를 아버지처럼 따랐으나, 항일세력을 돕던 조선인 갑부가 1920년 일본군인에게 총살당하자 큰 충격을 받는다. 항일이니 독립이니 같은 민족주의가 러시아 땅에서 얼마나 무용하고 위험한 것인지를 깨달은 일천은 그 뒤에 민족주의자들과 거리를 두게 된다.

혼혈아 미치카는 어머니와 함께 열차에 오른 소년인데, 이 소년에 얽혀지는 소련인과 한인의 비극적 사랑 이야기의 전말은 이렇다. 미치카 엄마는 블라디보스토크의 강철공장에 다니다가 친구 오빠인 안톤을 만나 결혼한다. 미치카가 태어나고 얼마 후 그녀는 남편이 소비에트 정부에서 적대시하는 쿨라크(부유층) 집안이라는 사실을 알게 되고, 공동 아파트의 감시자에게 발각되고 만다. 감시자의 공작에 의해 이들은 헤어지게 되고, 안톤은 당 관리자와 결혼을 하여 새 가정을 꾸리게 된다. 궁핍에 시달리던 미치카의 엄마가 아들을 맡기려 안톤을 찾아가지만 거절당한다. 그렇게 하여 미치카는 강제이주열차의 운명을 만나게 된 것이다.

인설은 민족을 부정하는 일천과 열차에서 논쟁을 벌이는 인물로 민족주의자이자 사회주의자로 그려진다. 인설의 아버지는 땅이 아닌 다른 이유들—신분차별, 종교적 신념 등—때문에 국경을 넘은 조선인을 대변한다. 그의 아버지 이이세는 처자식을 고향에 둔 채 혼자 러시아로 와서 새로 가정을 꾸리고 두 아들을 얻는다. 맏아들 이고옥은 사회주의자로 활동하다가 1935년 반동분자로 체포되어 하바롭스크 감옥에 수감된다. 그의 아내 권옥희는 원호의 딸로 남편의 이력이 아들의 인생을 파멸시킬까 봐 야반도주하고 만다. 인설은 그의 형처럼 사회주의자로 가족 없이 혈혈단신 운동에 헌신하는 인물이다. 그는 혁명이 성공하면 소수민족에게 자치권을 허용하겠다는 소비에트 정권이 약속을 어겼다고 분노하고 비판한다.

이들 고려인의 이야기는 그리움을 타고 옆 칸의 인물로 옮겨가기도 한다. 금실은 블라디보스토크에서 담배공장에 다닐 때 사귀었던 친구 올가를 회상한다. 올가는 연해주에 가장 처음 형성된 한인마을인 지신허 출신으로 증조 때 두만강을 건너온다. 황무지 땅을 농토로 가꾸던 조선인 집안에서 태어난 올가는 정치학 강사이자 열렬한 볼셰비키 당원인 강치수를 만나 결혼을 한다. 강치수는 아들에게 마르크스, 엥겔스, 레닌, 10월 혁명의 앞글자를 따서 멜로르(Melor)라는 이름을 지어줄 정도로 열렬한 사회주의자였으나 그 또한 일본 첩자로 체포되고 만다. 올가는 남편이 갇힌 하바롭스크 감옥을 찾아가게 되고 그곳에서 절구를 등에 혹처럼 짊어지고 감옥 근처를 배회하는 가련한 조선 할머니를 만나기도 한다. 올가를 통해서 전해지는 초창기 러시아 개척사와 지식인들의 비극적 운명이 한차례의 눈발처럼 흩뿌려진다.

『떠도는 땅』은 이렇듯 강제이주열차에 몸을 실은 다양한 고려인들을 중심으로 누에고치처럼 이야기의 실을 뽑아내어 1910년대 신한촌과 19세기 러시아 유민사를 불러온다. 이 이야기는 깊이와 입체감에 의해 실감으로 전해지기보다는, 압축적인 진술과 파편적 장면으로 인해 평면적이다. 그것은 저 기나긴 역사의 겹들을 한 폭에 담으려는 작가의 욕심 혹은 한계로 볼 수 있고, 또 한편에서는 점묘적 추상화를 염두에 둔 작가의도의 성공으로 볼 수도 있겠다. 분명한 것은 화물칸의 어둠 속에서 서로를 잇는 이 실낱같은 이야기들은 그들에게 빛이자 체온이었으며, 곧 당도할 황무지에 뿌려질 씨앗이며, 새로운 터전을 가능케 한 공동체의 힘, 즉 결속된 하나의 '떠도는 땅'이었다는 것이다.

정은경
2003년 〈세계일보〉 신춘문예 평론으로 등단했다. 비평집으로 『디아스포라 문학』 『지도의 암실』 『기도이거나 비명이거나』 등이 있으며, 중앙대 문예창작학과 교수로 재직 중이다.

시의 나라를 위한 착한 무기

『**푸른 용과 착한 물고기들의 노래**』 곽재구, 문학동네, 2019

박대현

1. 시의 나라와 Cosmic Grace

언제부터였을까. 시인의 외로움이 인간 세계를 거쳐 자연(自然)의 근원에까지 스미게 된 것이. "오 년 만의 연락에도/ 시 쓰는 동무들 모이지 않아/ 깊게 술 마신 밤"(「서울 세노야」)의 외로움이 끝자락에 이르러 시인은 가을 하늘을 바라본 바 있다. "보다 더 자유/ 스러워지기 위하여/ 꽃이 피고/ 보다 더 자유스러워지기 위하여/ 밥을 먹는다/ 함께 살아갈 사람들/ 세상 가득한데/ 또 다른 사랑 무슨 필요 있으리/ 문득 별 하나 뽑아 하늘에 던지면/ 쨍 하고 가을이 운다."(「또 다른 사랑」, 이상 『서울 세노야』(1990)) 시인은 '또 다른 사랑'이 필요 없다고 했으나, 그에게 자연은 '또 다른 사랑'이었음에 틀림없다. 인간이 잃어버린 공존과 사랑의 감성을 온전히 간직한 시적 세계로서의 자연, 예컨대 새를 '사람'으로 부르고 고니를 '여자'라 부르는 신화적 세계.(「고니」, 「세계」)

곽재구의 『푸른 용과 강과 착한 물고기들의 노래』(이하 『푸른 용』)는 시의 나라를 건설하고자 하는 시인의 내면이 자연 속에 아름답게 투영된 시집이다. 시인은 국가의 폭력과 억압 체제를 초월한 신화적 차원의 내면세계를 지향한다. 시인이 프라부다 난다(Probuddha Nanda)에게서 빌린 말에 따르면, 그러한 내면은 'Cosmic Grace'(우주적 품위)로 가득해야 할 것이다. Cosmic Grace. '무엇이 인간을 신이 되게 하나?'라는 시인의 물음에 대한 프라부다 난다의 답이다. Cosmic Grace는 인간을 신이 되게 한다. 세계와 타자를 향한 사랑으로 가득한 신. 시인은 시를 통해서 그러한 신성을 추구한다. 시인이 지향하는 세계는 우주적 품위로 가득한 시의 세계다. 비루한 이 세계를 버리고 저 세계로의 이주를 떠나는 것이 아니라, 이 세계를 짊어지고 저 세계로 가거나 저 세계를 이 세계로 끌어오고자 하는 욕망의 아름다움이 그의 시를 지배한다.

> 은하수가 모여 사는 마을에 향수 공장이 있다
> 지용도 동주도 소월도 그 공장의 하급 직원이었다 한다
> 낙타를 타고 온 사라센의 상인이
> 초승달이 뜬 파란 하늘 위에

형광생 잉크를 찍은 펜으로 구매 계약서를 쓴다

-「별똥꽃」 전문

시인은 다시 '하늘'을 바라본다. 그 '하늘'은 어떤 하늘인가. "문득 별 하나 뽑아 하늘에 던지면/ 쨍 하고 가을이 운다"(「또 다른 사랑」)는 시적 여운으로 가득했던 가을 하늘이다. '가을 하늘'은 위 시에서 "은하수가 모여 사는 마을"로 변주된다. 이 마을에는 "향수 공장"이 있고 "지용도 동주도 소월도 그 공장의 하급 직원"이다. 시인의 '시인들'이 거주하는 천상의 세계. 시인이 꿈꾸는 세계다. 시인은 이 시집에서 '윤동주', '김소월', '이용악', '백석' 등을 소환해낸다. 특히 윤동주는, 열일곱 살 무렵 『하늘과 바람과 별과 시』의 초판본을 발견하고 "보다가/ 보다가/ 당신만큼 쓸쓸하고 순정한 시를 쓰리라/ 혼자 다짐했네"(「고교 1학년」)라고 고백할 만큼 순수한 시심(詩心)의 근원이다.

시인은 포에지(poésie)를 세계의 근원적인 정신성으로 간주한다. 이 세계가 잃어버린 포에지를 찾아서 자주 과거의 오랜 기억을 소환해내는 것도 바로 이 때문이다. "누나는 열일곱 살/ 나는 세 살"이던 시절, "폐병쟁이 뱃사공이 호롱불 아래/ 무엇인가 적어 누나에게 주었"던 "시가 태어나기 전의/ 시".(「종이배」) 그러한 시가 있다면 사랑의 순정한 언어가 아닐 수 없다. 시인은 이 세계를 그 순정한 시의 언어로 물들이고자 한다.

2. 시와 신화의 '착한' 힘

노드롭 프라이는 신화를 인간과 비인간을 동일시하는 상상력의 단순하고도 소박한 노력이라고 정의한 바 있다. 의인적이고 물활론적인 시의 상상은 신화적 상상과 겹친다. 무엇보다 시와 신화는 인류의 정신적 원형 속에서 만난다. 신화는 세계의 근원을 암시하는 인류의 가장 오래된 언어이며, 시는 기원으로 되돌아가고자 하는 인류의 회귀본능이 작용하는 언어다. "시는 어린 시절로 돌아가는 것이며 성교(性交)이며 낙원과 지옥 그리고 연옥에 대한 향수"라는 옥타비오 파스의 말이, "시는 본래적 경험"이라는 진술로 정리되고 마는 까닭이다.

곽재구의 시는 신화의 원형적 이미지를 관통하여 다시 이 세계로 되돌아온다. 그의 시집 『푸른 용』은 시의 이미지와 신화적 이미지를 부드럽게 융화하여 인류가 회복해야 할 순정한 심성과 정신성을 그려내고 있는 것이다.

시인은 이 시집에 '푸른 용'이라는 신화적 이미지를 배치한다. 왜 푸른 용인가. 맑은 심성을 품은 채 흘러가는 강의 신비로운 이미지는 '푸른 용'을 통해 초월적이고 신화적인 역능을 획득하게 된다. 때문에 그의 시집에서 푸른 강은 푸른 용이라는 신화적 이미지로 자주 변용된다. 시인은 「환영지」라는 시에서 여덟 살 무렵 처음으로 사다리를 타고 다락에 오른 경험을 진술한다. 사다리를 타고 오른 다락에서 획득한 신화적 이미지는 "푸른색의 용 한 마리가 세계지도 위를 날아가"는 장면이다. 유년의 상상에서 시작된 '푸른 용'의 이미지는 그의 시집에서 지배적 이미지로 기능한다. 시인이 이 시집의 산문(「강은 노래하고 푸른 용은 춤추네」)에서 고백하고 있듯이, "강에서 만난 모든 풍경들이/ 아름답고 신비한 푸른 용의 이미지로 다가왔"던 것이다.

주목해야 할 것은 '푸른 용'이 수직적 이미지와 수평적 이미지를 동시에 가지고 있다는 사실이다. '푸른 용'의 이미지는 하늘의 이미지로 이어진다. "별똥별들이 소나기처럼 쏟아지는 가을밤/ 푸른 용 한 마리가 가슴에 집을 품고 하늘로 올랐다"(「초원의 노래」) 별똥별이 가득한 가을밤의 하늘로 푸른 용이 날아오르는 이미지는 「환영지」에서와 마찬가지로 승천이라는 신비로운 분위기를 자아낸다. 시인의 시 속에서 '푸른 용'은 천상을 향한 수직적 이미지로서만 존재하는 것이 아니라 수평적인 이미지로서 그 의미가 확장된다. '푸른 용'은 대지를 흘러가는 강물의 이미지에 기대어 이 세계의 대지를 끊임없이 흘러간다. "물을 보면 좋아요/ 흐르니까요// 구름/ 바람/ 꽃향기/ 밤하늘 반짝이는 윤동주의 시"(「강물」) 강이 흘러서 좋은 것은 결국 강이 시의 심성을 지니기 때문이다.

그리고 강은 '푸른 용'의 신화적 이미지로 변용되어, 천상의 성좌(constellation)와 연결된다. '푸른 용'은 지상과 천상을 잇는 순정한 시의 심성을 상징하는 동시에, 시의 나라를 천상이 아닌 지상에 건설하고자 하는 시인의 순수한 욕망이 투사된 이미지로 기능한다. 지상의 타락에도 불구하고 푸른 용의 이미지로써 지상은 구원받는다. 그렇다면, 시가 지상을 구원하는 것인가.

두 노동자가
강으로 소풍을 왔다
오늘이 무슨 날인지 알아요?
우리 만난 지 399일 되는 날

자주색 창포 꽃들이
바람 속에 흔들렸다
남자가 돌 위에 창포 잎을 찧었다
꽃보다 잎이 더 곱게 물든단다
누이의 머리를 감겨주던 어린 날
어머니가 한 말을 기억했다
여자는 남의 무릎 위에 등 대고 누워
남자가 머리를 감겨주는 동안 눈을 감았다

한 시간 6,450원이면 어때?
평생 이곳에서 살 것도 아닌데

푸른 용 두 마리가
나란히 강변 풀밭에 누웠다
햇살이 고슬고슬 떨어지고
지상에서 가장 신비한 꽃향기가 푸른 용의 비늘을 감싸 안았다

-「단오」 전문

'푸른 용' 두 마리가 나란히 강변 풀밭에 누워 있는 풍경을 상상해보라. 천상의 푸른 용은 승천을 멈추고 강변에 누웠고, "지상에서 가장 신비한 꽃향기가 푸른 용의 비늘을 감싸"고 있다. 무엇보다 이 시에서 중요한 것은 "두 노동자"에 대한 진술과 "한 시간 6450원"이 가지는 현실 환기 효과일 것이다. 6450원은 2017년에 적용된 노동자 최저시급이다. 푸른 용의 이미지가 신화적 상상과 낭만 속에 머물지 않고 노동자의 엄중한 현실 속에 안착하는 순간이다. 그렇다. 이 세계는 여전히 "노동과 억압 모멸의 별들"이 "깃발을 들고 행진하는 노인들"의 "확성기에서 쏟아"지는 중이다.(「배낭여행자」) 그의 시는 '푸른 용'을 중심으로 한 신화적 이미지를 중심으로 전개되고 있음에도 불구하고 현실 세계를 지속

적으로 소환한다. "TV에서는 오늘 인간의 쓰레기들이/ 핵탄두를 서로의 영토에 떨굴 궁리를 하고/ 선글라스를 쓴 돼지들이/ 새로 지은 강남의 축사들을 사들이지/ 생이 준 현실을 최고의 환상이라 여기"(「어도(魚道)」)는 세계의 비루함을 말이다.

시인은 시인들이 거주하는 천상의 '푸른 용'을 지상의 강물로 흐르게 한다. 그러나 잊지 말아야 할 것이 있다. 천상의 시인들은 본래 지상의 존재였고, 그들의 순정한 시심(詩心)은 이 지상에 남아 '강물' 속 '착한 물고기'로 유영하고 있다는 사실이다. 물고기는 이 시집의 제목처럼 '착한' 영혼을 가진 존재다. "물고기는 몸이 예쁘다/ 하루종일 물속에서 춤을 춘다", "물고기는 춤춘다/ 물이 좋으니까/ 물냄새가 사랑스러우니까"(「물고기와 나」) 물냄새가 사랑스러운 까닭은 강물 속에 착한 물고기가 가득하기 때문이다. 물고기가 없는 강은 죽은 강이다. 착한 물고기를 품은 강물은 '푸른 용'의 신성한 기운이 이 세계에 가득 흘러넘치게 하고야 만다. 바로 이 때문에 시인은 다음과 같은 아름다운 시구를 만들어 낸다.

> 두 손을 모아 강물을 받아요
> 그 물로 얼굴을 비벼요
> 물고기 냄새와 달빛 냄새가 나네요

-「세수」 부분

시인은 강물로 얼굴 씻는 행위를 통해 물고기 냄새뿐만 아니라 '달빛 냄새'까지 맡는다. 시인의 상상 속에서 천상의 푸른 용이 지상의 강물로 스며들었으므로 강물에서 천상의 달빛 냄새가 나는 것은 당연한 일이다. 시인은 다른 시를 통해 이미 '달빛'과의 교감을 섬세하게 그려낸 바 있었다. "누비 홑이불 밖으로/ 두 발을 가만히 빼본 것은 생의 우연한 일/ 누군가 가만히 내 발바닥에/ 고운 자기 발바닥을 대보는 이가 있었다"(「달빛」) 시인이 꿈꾸는 시의 나라는 강물 이미지로 변용되어 지상을 가득 적시면서 흐른다.

시인의 신화적 상상력은 단순한 시적 낭만으로 머물지 않는다. 시인이 일관되게 추구하는 '푸른 용'과 '강물'과 '착한 물고기'의 이미지는 지상을 향해 겨누는 '착한 무기'와도 같다. 시인은 순수한 시심(詩心)의 선한 영향력에 대한 믿음을 잃지 않는다. 평생을 시를 써온 시인의 확고한 신념이다. 그는 이미 진술한 바 있다. "모든 시의 언어는 사랑과/ 자유의 혈육을 지녔다고 생각해".(「배낭여행자」) 시야말로 사랑과 자유의 언어라는 믿음을 가진 시인은 행복하다. 그러나 그 행복이 파열의 지점 위에 위태롭게 서 있음도 안다.

물을 보면 좋아요

흐르니까요

구름

바람

꽃향기

밤하늘 반짝이는 윤동주의 시

흐르는 것은 착해요

멀리서 내 이름을 부르네요

나는 어디쯤에서

흐르다 멈추었을까요

-「강물」 부분

시의 언어는 사실 잘 흐르지 못한다. 그것은 사람과 사람 사이를 마냥 흘러서 좋은 것이고 착한 것이지만, 세상 사람들은 시를 따라 흐르지 않는다. 시의 강물과 세상 사람은 자주 어긋나기 때문이다. "나는 어디쯤에서/ 흐르다 멈추었을까요". 착한 물고기들이 유영하는 '어도'가 이 세계를 적실지라도 이 세상 어딘가에선 "열 살 아이가 두 살 아이를 등에 업고/ 우윳값 주세요 손을 내밀 때/ 폭탄들이 거리의 건물들을 무너뜨"리는 참혹함이 공존한다.(「어도(魚道)」) 그럼에도 불구하고 시인이 가지고 있는 유일한 무기는 '시' 말고 무엇이 있는가. 시인은 시를 쓴다. "오 년 만의 연락에도/ 시 쓰는 동무들 모이지 않아/ 깊게 술 마신 밤"(「서울 세노야」)의 설망 이후에도 그는 시인이므로 시를 써 왔다. 하여, 시가 은하수의 빛으로 이 세계를 환하게 물들이는 '푸른 용'이 될 때까지, 묵묵히 시에 대한 희망을 잃지 않는다. 오히려 슬픔 속에서 시인의 시는 더욱 간절한 목소리로 다가온다.

> 슬플 때면 강으로 가요
> 쭈그리고 앉아 강물로 얼굴을 비벼요
> 얼굴이 환해지니 그리운 당신에게 갈 수 있어요
> -「세수」 부분

3. 시적 진실과 '착한' 무기

곽재구의 시집 『푸른 용』은 시인의 나라를 꿈꾼다. 시인의 감성으로 모멸과 억압과 폭력으로 얼룩진 세계를 무장해제 시키고자 하는 부드럽고도 '착한' 시적 기획의 산물이다. 다시 한 번 그의 산문 「강은 노래하고 푸른 용은 춤추네」의 한 단락을 보도록 하자.

> 강을 따라 계속 걸어가면 해가 잠드는 바닷가 마을에 이

> 른다. 마을 이름이 와온(臥溫)이다. 노을 무렵 선창에 등을 대고 누워 있으면 마을 이름이 어떤 의미인지 느낄 수 있다. 와(臥)는 누워 있음을 뜻한다. 온(溫)은 철학적이다. 물이 사람의 입으로 들어가 피가 된다는 의미를 담는다. 그러니 이 말에서 해넘이를 맞이할 때 선창에 눕는 것은 부드러운 일이다. 누워서 저녁 햇살을 맞이하고 작은 파도 소리를 듣는 것으로 생은 위로를 받는다.

'와온(臥溫)'에 대한 해석에서 이 시집의 주제가 명징하게 드러난다. 와(臥)는 누워 있음을 뜻하고, 온(溫)은 물이 사람의 입으로 들어가 피가 된다는 의미라고 진술한다. 시인에게 '푸른 용'으로서의 강은 사람의 입으로 들어가 인간의 피가 되어야 하는 시의 언어와 다르지 않다. 그는 시의 역능을 믿고 있으며, 인간에 대한 믿음 또한 포기하지 않는다. 산문에서의 고백처럼 "열일곱 살 이후" 시인에게 "시가 있었"고, 어느새 시는 "물고기들처럼 자유롭게 헤엄칠 수" 있기를 꿈꾸는 시인의 "비늘" 같은 언어가 되어버렸다. 그렇다. 시인은 꿈꾸는 것이다. 착한 물고기의 언어를. 그리고 시의 강물을 닮은 '푸른 용'이 인간에게 "그리운 노동과 음악"을 선물하고 새벽마다 "인간의 마을과 바다를 껴안고 날아오르는"(「와온 바다」, 『와온 바다』, 2012) 사랑과 자유의 하늘을 말이다.

곽재구의 시는 '착한' 무기와도 같다. 그의 시를 읽으면서 우리는 이 세계를 가득 흐르고 있는 시의 맑은 물살을 느낄 수 있게 된다. 이 물살은 부드럽지만 인간의 마음을 움직일 만큼 힘이 세다. 이것이 어떻게 가능한가. 열일곱 살 무렵부터 "꿈속의 시간까지 온전히 시를 위해 쓸 수 있었"던 시인의 진실한 언어에 어느덧 우리 스스로가 백기투항하고 시의 착하고 맑은 힘에 속절없이 점염(點染)되고 말기 때문이다. "아픈 사람은 더 아프고 가난한 사람은 더 가난해지는" 지상의 세계에서 "가난한 사람이 따뜻해지는 시"(「라면 먹는 밤」)를 써왔던 시인의 시는 맑은 감수성으로 우리를 무장해제 시킨다. 그의 시는 시적 낭만을 넘어 시적 진실에 가닿고 있다. 게다가 이 '착한 무기'는 '푸른 용'의 신화적 이미지를 차용하여 인류의 무의식적 힘을 응축한다. 이것이 그의 시적 감수성이 지닌 힘의 본질이다.

박대현
부산대 국어국문학과를 졸업하고 동대학원에서 박사학위를 받았다. 2005년부터 문학평론가로 활동하기 시작했다. 〈오늘의 문예비평〉 편집위원을 역임하고 현재 〈작가와 사회〉 편집주간으로 활동 중이다. 저서로 『헤르메스의 악몽』, 『닿을 수 없는 혁명』, 『우울한 것의 추락』, 『혁명과 죽음』, 『황홀한 아파니시스』 등이 있다.

'정당한 중국'

『**우리들은 정당하다**』 뤼투 지음, 고재원 · 고윤실 옮김, 나름북스, 2020

『**빅브라더에 맞서는 중국 여성들**』 리타 홍 핀처 지음, 윤승리 옮김, 산지니, 2020

박민희

우리가 사용하는 수많은 '메이드 인 차이나' 제품을 만든 중국 노동자를 떠올려본 적이 있는가. 어떤 '사람'이 이것을 만들었는지, 그 사람은 무슨 생각을 하며 어떻게 살고 있는지.

10여년 전까지 한국인들에게 중국이란 '가난하고 낙후된 나라'와 '큰돈을 벌 수 있는 경제적 기회의 땅'이라는 극과 극의 이미지로 존재했다. 이제 중국은 부유하고 강해졌고, 한국 기업들은 중국 기업과의 경쟁에서 밀리고 있다. 시진핑 시대 중국은 국내에선 더 억압적이고, 국제적으로는 오만하고 거칠어졌다. 이제 한국인들에게 중국과 중국인의 이미지란 집단적 혐오, 두려움, 증오로 수렴하고 있다.

중국인은 정말 14억의 단일한 광기와 오만, 폭력의 집단일 뿐인가. '시진핑의 중국' '권력자의 중국'이 아닌 중국 사회에서 일하고 살아가고 고민하는 사람들에게 귀를 기울인다면 어떤 중국이 보이게 될까. 『우리들은 정당하다』(나름북스)와 『빅브라더에 맞서는 중국 여성들』(산지니)은 권력과 돈에서 멀기에, 제대로 들리지 않는 중국 여성, 노동자들의 목소리를 들을 수 있게 해주고, 그들을 '인간'으로서 만날 수 있게 해주는 책이다.

'전태일 50주기 공동 출판 프로젝트'로 한국에 번역 · 출판된 『우리들은 정당하다』는 '신노동자(新工人)'들에 대한 연구와 교육 · 공동체 활동을 하고 있는 사회학자 뤼투(呂途)가 여성 노동자 100명을 인터뷰해 그중 34명의 삶과 노동을 담은 기록이다.

원제가 '중국 신노동자, 여공전기(中國新工人 女工傳記)'인 이 책은 『중국 신노동자의 형성』 『중국 신노동자의 미래』에 이어, 뤼투가 신노동자들이 처한 현실, 사회에 대한 각성, 삶의 여정을 기록한 3부작의 마지막이다. '신노동자'는 도시에서 온갖 일을 도맡아 하면서도 농촌 출신이라는 이유로 임금 · 복지 · 자녀 교육 등에서 정당한 권리를 누리지 못하는 중국의 '농민공'들을 말한다. 중국의 노동운동가들은 '농민공'이란 호칭에 '결국은 농촌으로 돌아갈 사람들'이라는, 노동자 정체성을 부정하는 뜻이 담겨 있다고 보기 때문에 신노동자란 용어를 쓰고 있다.

네덜란드에서 박사학위를 받고 대학교수 등으로 일하다가 2008년부터 베이징 외곽 피춘(皮村)의 '신노동자' 공동체인 '노동자의 집'(工友之家)에서 노동자들과 함께 생활하며 연구하고 있는 뤼투는 학자라는 '높은 위치'에서 노동자들의 삶을 재단하고 해석하는 방법을 버리고, '노동자들이 스스로 이야기하기'를 통해 그들 각자가 주인공으로서 독자와 만날 수 있도록 최선을 다한다.(책 마지막에는 지은이 뤼투가 쓴 자신의 인생 이야기가 담겨 있다. 여성 노동자들과 자신이 대등하게 서로의 이야기를 주고받고자 하는 마음이 느껴진다.) 『우리들은 정당하다』에서 중국의 노동 현실, 중국의 미래에 대해 거창한 얘기를 기대한다면 실망할 수도 있으나, 중국 도시 변두리의 허름한 식당에서 마주 앉아 이야기를 듣는다고 상상하며 읽는다면, 좀처럼 눈에 들어오지 않던 세계가 보이게 된다. 여성노동자들 한 명 한 명의 이야기가 어우러져 만들어내는 생생한 역사다.

여성과 신노동자라는 이중의 굴레에 묶여 있는 이 책의 주인공들은 중국 사회의 약자 중의 약자들이다. 농촌의 가난한 집에서 태어나 빈곤과 딸이라는 이유로 대부분 초등학교·중학교도 마치지 못한 채 대도시로 나와 열악한 환경에서 수십 년 고단한 노동을 하고, 결혼과 육아에서도 곡절을 겪으며 살아온 이들이다. 1950년대생이 3명, 60년대생이 3명, 70년대생 11명, 80년대생 14명, 90년대생 3명인데, 다양한 세대를 통해 중국 사회에서 노동과 여성의 상황이 어떻게 변해왔는지를 보여주려는 뤄투의 뜻이 담겼을 것이다.

사회주의 시기에 태어난 1950년대생들은 국유기업 노동자의 경험을 자랑스럽게 생각한다. 문화대혁명 시기에 국유 자동차 공장의 노동자였던 뤄수위의 회상은 이렇다. "그 시절 노동자들은 일을 너무 좋아해서 다들 열심히 일했고, 바쁠 때는 모두가 자원했다. 그러나 일을 많이 하면 돈을 많이 받아야 한다는 생각은 아무도 하지 않았다. 누군가 일을 잘해서 표창을 받으면 함께 기뻐했다. 그땐 정말 좋았어, 그런 시절이 벌써 가버렸네"라고. 사회주의 시기를 지나친 평등으로 효율성이 낮고 아무도 제대로 일하지 않던 암흑시대로 여기는 오늘날의 고정관념은 자본주의 시장화의 우월성을 강조하기 위한 허상일 수도 있다. 사회주의 시대를 경험한 노동자들은 국유기업 시대를 노동자들이 존중 받던 따뜻한 공동체로 기억하고, 자본주의 도입 과정에서 사회 곳곳이 얼마나 비인간적으로 바뀌었는지를 아쉬워한다. 1990년대 이후 추진된 급격한 시장화에 대해, 국유기업의 민영화를 경험한 노동자 쑤제는 "1990년대부터 사람들은 이전과 많이 달라졌어요, 모두가 사리사욕을 채우기 위해 수단방법을 가리지 않고 양심도 없어졌죠. (…) 지금 노동자에겐 근본적으로 발언권이 없어요. 노동자가 말한 건 인정받지 못하고요"라고 비판적으로 회상한다.

시장화 이후 빈부격차가 급속하게 확대된 중국 사회의 가장 밑바닥에서 고된 노동을 하면서도 권리를 박탈당했던 여성 노동자들은 불합리한 현실에 눈을 뜨고 두려움 속에서도 용기를 내어 정당한 권리를 요구하고 있다. 가난과 여성 차별로 제대로 교육 받지 못하고 생존을 위해 고된 노동을 해온 여성들이 '정당한 권리'을 지키기 위해 함께 용기를 내 투쟁하면서 노동자 의식을 자각하고 연대와 단결의 중요성을 깨닫는다.

71년생 아룽은 어린시절 부모님과 언니 둘, 남동생을 모두 잃고 조부모님과 숙부 집에서 자랐다. 결혼 뒤 아이를 농촌의 시댁에 남겨두고 도시로 와 환경미화원이 되었다. 2014년 4월 주택관리회사가 바뀌면서 미화원들의 노동장소를 일방적으로 먼 곳으로 변경하자, 노동자들은 파업에 나서 일방적인 근무지 변경을 철회하고 계약외 노동시간에 대한 경제적 보상과 노동조건 개선 등을 요구했다. 회사는 모르쇠로 일관하고 아무도 도와주지 않는 상황에서, 그들은 대학생들에게 도움을 요청했고, 15일간 대학생들과 함께 노력한 끝에 마침내 변화를 이끌어냈다. 파업 이후 아룽은 이렇게 말한다. "우리는 단결해야 돼요, 단결이 바로 힘이니까요. (…) 누군가 어려움을 당하면 도와야 해요. 우리가 도움을 받아보니 알겠더라고요, 어떤 체험을 했냐고 물었죠? 내가 말하고 싶은 건 우리가 정당하다는 거예요, 우리는 세상이 어둡지만은 않다는 충분한 증거를 가지고 있어요. 이렇게 수많은 좋은 사람이 우리를 지지해줄 거라곤 정말 생각지 못했거든요."

광저우 S공장의 여성 노동자 리잉, 자오 등은 회사가 오랫동안 체납한 사회보험료 납부를 요구하며 단체행동에 나섰다. 노동자들의 노년을 보장할 사회보험을 회사가 체납했고, 법에 따라 납부해달라는 요구에도 회사와 노동담당 부서는 완강하게 거부했다. 사회보험국에 가서 끈질기게 항의하고 요구한 끝에 회사는 결국 일부 노동자들의 사회보험을 납부하기로 합의했지만, 회사는 리잉을 비롯해 단체행동에 앞장섰던 노동자들을 괴롭히기 시작했다. 리잉은 그래도 후회하지 않는다. "사회보험이 아니었다면 평생을 흔들리는 대로 살았을 거예요. 그런데 그 해에 많은 우여곡절이 있었죠. 권리를 위해 투쟁했고, 이겼어요, 더 중요한 건 그런 경험을 얻었다는 거예요, 아마도 제 평생 가장 잘한 일인 것 같아요."

『우리들은 정당하다』가 공장과 일터에서 권리를 위해 싸우는 여성들의 이야기라면, 『빅브라더에 맞서는 여성들』은 그 울타리 밖에서 일어난 또다른 여성들의 싸움을 담고 있다.

세계 여성의 날을 앞둔 2015년 3월 6일과 7일, 버스와 지하철에서 성희롱 예방 스티커를 나눠주는 캠페인을 준비하던 다섯 명의 중국 여성이 체포됐다. 리마이즈, 웨이팅팅, 정추란, 우룽룽, 왕만 등 페미니스트 활동가 다섯 명은 베이징의 공안국 심문실로 압송됐다. 이들이 차디찬 감옥에 갇혀 있는 동안 이들 '페미니스트 파이브'(女權五姉妹)에 연대를 표하는 세계적 물결이 일어났다. #다섯명을석방하라(#FreetheFive) 청원에는 전세계 2백만 명이 서명했다.

『빅브라더에 맞서는 중국 여성들』은 첨단기술을 이용한 권위주의적 통제사회로 변하고 있는 중국에서 차별과 성폭력, 성역할 강요에 맞서 싸우고 있는 중국 여성들의 분투를 생생하게 전한다. 오랫동안 중국을 취재해온 저널리스트이자 학자인 지은이 리타 홍 핀처는 '페미니스트 파이브'를 비롯한 중국의 여러 페미니스트 활동가와 여성 변호사들, 노동운동가들을 만났고, 이들의 활동에서 중국 사회를 변화시킬 수 있는 잠재력을 발견한다.

'남녀평등'은 중국공산당이 1921년 창당 시기부터 공식적으로 내건 구호였다. 봉건제의 속박에서 벗어나고자 했던 많은 여성들은 이 구호에 이끌려 혁명에 참여했다. 1949년 공산당의 승리 이후 헌법에는 남녀평등이 명시됐고, 1950년 혼인자유, 일부일처, 남녀평등의 결혼을 규정한 혼인법이 만들어지고 '여성은 세상의 절반'이라는 마오쩌둥의 구호 아래 중국 여성들은 남성과 함께 노동 현장으로 뛰어들었다. 하지만 1976년 개혁개방 이후 계획경제가 해체되고 시장개혁이 확대되자, 고용과 임금, 퇴직연령 등의 불평등, 일터에서의 공공연한 성폭력이 여성들에게 닥쳤다.

이 책은 특히 시진핑 시대 들어 점점 강화되는 권위주의 체제의 가부장적 토대에 주목한다. 시 주석은 집권 초기 시 아저씨 또는 아버지라는 의미의 '시 다다'로 불리며 '중국의 아버지' 이미지를 구축했다. 중국의 경제성장 속도가 떨어지면서 공산당이 경제 성장에만 의존해 정당성을 주장하기 어려워지자, 중국 공산당의 선전은 전통적 의미의 가족이 안정적인 정부의 토대라는 관념을 강화하면서 유교의 성차별적 요소를 부활시켰다. 게다가 한자녀 정책의 부작용으로 노동인구가 감소하기 시작하자, 국가는 결혼하지 않은 이십 대 후반 여성들에게는 '잉여여성'이라는 사회적 낙인을 찍으면서 출산을 강요하기 시작했다.

하지만 중국 여성들은 국가의 이런 요구에 동의하지 않는다. 2012일 밸런타인데이에 당시 대학생이던 리마이즈 등은 가짜 피를 묻힌 웨딩드레스를 입고 '사랑은 폭력의 핑계가 아니다' 등의 팻말을 든 채 베이징 한복판에서 가정폭력에 항의하는 퍼포먼스를 벌였다.

2018년에는 미투 운동도 확산됐다. 중국 12개 대학에서 수천 명의 학생과 졸업생들이 성추행에 대한 법적 조치를 요구하는 탄원서에 서명했다. 베이징대에서는 1998년 교수에게 성폭행을 당한 여학생이 자살한 사건에 대한 진상규명과 처벌을 요구하는 운동이 벌어졌다. 방송작가 저우샤오쉬안은 4년 전 국영방송 〈CCTV〉에서 인턴을 하다가 분장실에서 유명 앵커인 주쥔으로부터 강제 키스 등 성추행을 당했다며 고발하는 글을 온라인에 올리고 공안에 고발했다. 당국은 고소를 취하하도록 그를 압박했고, 주쥔은 되려 저우를 허위 사실 유포 혐의로 고발하고 거액의 손해배상까지 청구했다. 저우는 물러서지 않고 주쥔를 상대로 소송을 제기하고, 다른 여성들이 성폭력 피해를 고발하는 것을 지원하는 활동에 나섰다.

『빅브라더에 맞서는 중국 여성들』은 중국의 페미니스트 활동가들이 공산당으로부터 독립된 네트워크를 형성했고, 젊은 여성들 사이에 널리 퍼진 불만들에 귀를 기울이면서, 지금까지 중국의 어떤 사회운동도 가지지 못한 대중적 영향력을 갖고 있다고 강조한다. 일상의 불평등에 문제를 느끼는 많은 젊은 여성들이 페미니즘에 지지를 보내고, 이런 변화를 알아챈 기업들이 광고 등에서 점점 더 독립적이고 강한 여성을 등장시키는 변화는 분명히 존재한다. 중국 당국은 성희롱의 정의를 명확히 하고 처벌할 수 있도록 한 법 규정을 올해 도입하기도 했다.

『빅브러더에 맞서는 중국 여성들』과 『우리들은 정당하다』의 여성들은 서로 만나고 돕기도 한다. 광저우시에서 벌어진 대학 청소 노동자들의 파업에는 여성 운동가들이 함께

했다. 2018년 베이징대 미투 운동의 중심에 섰던 위에신은 그 해 여름 광둥성 선전의 기계 제조 공장 제이식(자스커지)에서 독립 노조를 세우려 했던 노동자들과 연대했다가 체포됐다.

두 권의 책에 등장한 여성들은 중국의 현실에 대한 분명한 인식과 변화의 열망, 용기를 보여주지만, 현재 중국의 현실은 이 책이 쓰여졌을 때보다 훨씬 막막해졌다. 시진핑 시대의 중국 당국은 노동운동, 여성운동, 인권운동 등 당국의 정책에 이견을 내놓고 변화를 만들어내려는 모든 시도에 대해 탄압, 감시, 통제를 전례 없이 강화했다.

페미니스트 파이브가 보여줬던 거리에서의 과감한 여성운동은 지금 상상할 수 없다. 페미니즘이 당국에 도전하는 풀뿌리 운동이 될 가능성을 우려하는 중국 당국은 이들이 온라인에 올리는 글과 영상을 검열해 삭제하고, 가족을 동원해 활동을 중단하도록 압박하며, '서구 사상에 오염된' '반중국적' 반역자로 몰아세운다. 미투 운동은 2018년 이후에는 동력을 잃었다. 하지만, 페미니스트 파이브의 웨이팅팅을 비롯한 활동가들은 온라인에서라도 여성들에 대한 폭력과 차별에 맞서려는 활동을 계속하고 있다. 더욱 중요한 것은 중국 젊은 여성들이 사회적 차별을 인식하고 차별에 항의하려는 의식을 당국이 모두 지울 수는 없다는 점이다.

지난 9월 중국에서는 한 남성이 아내를 구타하는 동영

상이 온라인에서 확산돼 큰 관심을 모았다. 동영상의 주인공인 류정옌이란 여성은 지난해 남편의 구타를 피해 건물 2층에서 뛰어내려 9군데 골절상을 입었지만, 법원은 이 여성이 제기한 이혼 소송에서 이혼을 허용하지 않았다. 이 동영상은 류정옌이 법원의 판결에 항의하고 자신의 처지를 알리기 위해 공개한 것이다. 이에 공감하고 류를 지지하는 여론이 확산된 것은 중국 여성들이 이런 현실에 큰 문제를 느끼고 있음을 보여준다. 이들이 당장 중국을 변화시키지는 못하더라도, 국가가 요구하는 순종적 역할에 동의하지 않는 여성들이 늘어날수록 페미니즘은 가장 '변혁적인 운동'의 가능성을 품고 있다.

지금 '권력자의 중국'은 약자를 억압하며 권위주의, 전체주의의 길로 향하고 있지만, 페미니스트와 노동자들이 손을 잡고, 공장과 공장 밖의 노동자들이 연대할수록 변화는 늘어가고 다른 길이 만들어질 것이다. 우리가 '혐중'의 덫에 빠지지 않고, 소통하고 함께 길을 찾아야 할 중국이 여기에 있다.

박민희

〈한겨레〉 논설위원. 대학과 대학원에서 중국과 중앙아시아 역사를 공부했다. 중국 인민대학에서 국제관계를 공부한 뒤, 2009년부터 2013년까지 〈한겨레〉 베이징 특파원으로 중국 곳곳을 다니며 취재했다. 『중국을 인터뷰하다』(공저)를 썼고, 『중국과 이란』 등의 책을 번역했다. '혐중'에 반대한다. 중국과 중국인에 대한 공정한 이해와 동행을 희망한다.

에너지에 농락당한 땅에서 자본의 착취를 노동으로 기록하다

『후쿠시마 하청노동 일지』 이케다 미노루 지음, 정세경 옮김, 두 번째 테제, 2019

채효정

내가 대학생이었을 때 삼풍백화점이 무너졌다. 세상에 탐나고 값비싼 물건들을 한곳에 모아놓은 백화점은 자본주의적 풍요를 상징하는 장소였다. 사람보다 상품이 더 대접받는 것 같이 느껴져 그런 곳에 들어가면 어쩐지 주눅이 들곤 했다. 구도심의 낡고 오래된 백화점들과 달리 강남에 들어선 새 백화점은 신전처럼 크고 화사하고 웅장했다. 말 그대로 자본의 성지였다. 그런데 그 성지가 어이없게도 부실공사로 무너졌다. 이 붕괴는 이후로 계속 이어질, 성장주의 문명의 붕괴를 알리는 서막일 뿐이었다. 서울에서도 강남, 제일 부자들이 쇼핑을 한다는 건물이 믿을 수 없이 '폭삭' 무너진 장면은 지금도 충격적이다. 하지만 그 사건에서 나에게 붕괴보다 더 잊을 수 없는 장면은 복구의 현장이다.

구조 작업을 돕겠다고 전국 각지에서 중장비 차들과 건설현장의 일용직 노동자들이 몰려왔다. 나는 이해할 수가 없었다. 만약에 가난한 철거민의 동네에서 비슷한 참사가 일어났으면 강남의 부자들은 이렇게 도우러 오지 않았을 것이다. 그런데 그들은 왜 왔는가? 구조작업이 밤낮없이 계속되었다. 하루 벌어 하루 먹고 사는 사람들이 일당벌이도 포기하고 구조에 매달려 부서진 콘크리트를 해체하고 들어내며 길을 뚫어 지하로 들어가고 있었다. 위험한 일이었고 보상도 없는 일이었다. 광장시장 아주머니들이 김밥을 싸서 구조 현장으로 '다라이'를 이고 와 인부들에게 밥을 나눠주기도 했다. 자신이 어떻게 살아나왔는지를 말하는 살아나온 사람들의 증언 속에는 상상할 수 없는 타인의 도움이 나왔다. 알지 못하는 이를 구하고 죽은 사람들, 알지 못하는 이를 구하러 들어갔다 죽거나 다치는 사람들의 이야기가 뉴스에 끊이지 않고 나왔다.

어느 날 48시간 동안 잠을 자지 않고 구조 작업을 했다는 한 노동자의 인터뷰를 보면서 나는 펑펑 울어버렸다. 감동의 눈물만은 아니었다. 분함과 억울함이 동시에 터져 나온 눈물이었다. 지금 무너진 건물 내부가 어떤 상황이고 얼마나 위험한지를, 그 속에서 막 빠져 나온 노동자가 이마의 땀을 훔치며 설명을 하는데, 그 사람이 누가 시키지 않은 일을 진심으로 사력을 다해 해내고 있다는 것을 알 수 있었기 때문이다. 그런 가난한 휴머니즘을 나는 그 이후로도 여러 번 발견했다. 그때마다 삼풍백화점을 떠올렸다. 폐허 위에서 아귀가 되지 않고 더 사람이 되는 사람을 나는 보았고, 그때 본 인간에 대한 믿음은 오랫동안 나를 지탱해주었다. 나는 그런 것이 오월 광주의 대동이라고 생각했다. 오랜 시간이 흘러 비슷한 참사가 날 때마다 광주의 기적은 되살아났다. 2014년 세월호 사건이 났을 때도 전국에서 잠수사들이 모여들었고, 인근 섬의 어민들이 비상연락망을 돌려 어선을 타고 낚싯배를 타고 사고 현장으로 달려갔다.

2011년 3월 11일, 일본 동북부 대지진으로 핵발전소가 무너졌다. 나는 사고 수습 현장에 노동자들이 들어간다는 이야기를 들었다. 또 미칠 것 같았다. 결정을 내린 사람들은 뒤에 빠져 있으면서 전쟁의 총알받이처럼 죽을 일에 노동자를 보내는구나 싶었다. 그렇게 기술이 발달했다 해도, 사고가 나면 결국 수습할 수 있는 것은 사람뿐이다 하는 것도 다시 깨달았다. 그런데 뉴스를 보고 또 놀라게 되었다. 피폭의 위험을 무릅쓰고 원전 시설로 들어가는 자원자들 중에는 도쿄전력의 책임자급도 아닌 말단 비정규직 노동자들이 있다는 것이다. 왜?

대학에서 인문학을 가르치던 나는 당시 수업 시간에 이 문제를 토론했다. 학생들은 대부분 그 동기가 '돈'일 것이라고 했다. 높은 위험수당 때문에 어떤 상황인지도 모를 사고 현장에 들어갈 수 있을까? 학생들에게 물어봤다. 여기 있는 여러분은 얼마쯤 주면 원전 사고 현장에 들어갈 수 있겠느냐고. 아무리 많은 돈을 준다고 해도 우리 중에는 선뜻 들어갈 사람이 없었다. 위험수당이 과연 그만큼 엄청난 액수였을까? 결국 돈이 필요한 가난한 사람들이 생명과 안전을 담보로 하기 싫어하는 위험한 일에 투입되고 있다는 것인데, 그렇다면 그것이야말로 부조리한 일이 아닌가? 세상에 쉽게 죽어도 되는 인간은 없다.

그때 뉴스에서 원전 내부로 들어가는 한 노동자의 인터뷰를 보았다. 나는 얼음처럼 얼어버렸다. 그는 죽음을 무릅쓰고 들어가는 이유를 이렇게 말했다. 누군가가 위험을 감내하지 않으면 모두가 위험해지기 때문이라고. 그게 왜 당신이냐고 나는 또 분해서 물었다. 그 말을 들은 것처럼 뉴스 속의 노동자가 말했다. "내가 그렇게 하기로 결심했으니까..." 현장에서 오래 일해 왔기 때문에, 건물의 내부 구조를 잘 알고 있고, 지금 상황에서 필요한 사람이 자신이라는 것이다. 우리는 '죽으러 가는 인간'에 대해 토론했다. 죽음을 피하고 삶을 택하는 생존의 법칙은 모든 생명체들의 제1의 법칙이다. 그런데 인간은 그 자연의 법칙에 반하는 행동을 한다. 타인을 위해 죽고, 심지어 아무런 상관도 없는 남을 위해 죽는다. 왜 그런 것일까? 그건 죽음 다음의 시간을 생각할 수 있기 때문이다. 그날 나는 학생들에게 말했다. 내가 없는 후에도, 이 땅에서 다음을 살아갈 존재를 생각하는 존재, 그게 인간인 거라고. 우리는 어떻게 그런 인간이 될 수 있는 것일까? 그건 우리에 앞서 그렇게 죽은 이들이 있기 때문이라고, 그들이 가르쳐준 것이라고.

하지만 그런 영웅들은 대단한 사람들이 아니라 수많은 이름 없는 민중들이거나 가난한 노동자들일 때가 많았다. 영웅적 행동에 나서는 계기도 나라를 구하기 위해서라거나, 세상을 바꾸기 위해서 같은 거창한 이유가 아니다. 대부분은 의리나 도리, 또는 '어쩐지 가야만 할 것 같은' 작은 양심의 소리 같은 것이 그들의 발걸음을 돌리게 하는 계기다. 『후쿠시마 하청노동 일지』를 쓴 이케다 미노루도 그런 사람이다. 우체국 집배원으로 정년퇴직한 그의 발을 후쿠시마로 이끈 것은 사고 이후에 자꾸만 생겨난 죄책감이다. 이 글은 후쿠시마 현 우체국 동료 집배원들의 죽음과 재난의 수기로부터 시작한다. 2011년 3월 11일 일본 동북부에서 대지진이 일어나 후쿠시마의 원자력 발전소가 무너지던 날, 이케다는 도쿄에서 우체국 집배원으로 일하고 있었다. 도쿄에서 멀리 떨어진 진앙지에서 도착한 파동의 세기로부터 그는 지진의 강도를 감지하고, 이제 일본도, 자신의 삶도 완전히 바뀌게 될 것을 직감한다.

그날 후쿠시마에서는 수많은 사람들이 목숨을 잃었고, 그 중에는 동료 집배원들도 있었다. 한 우체국에는 '빨리 도망쳐'라는 어머니의 문자에 '위에서 아직 지시가 없어'라는 답장을 보내고 쓰나미에 휩쓸려버린 여직원이 있었다. 우체국에 남은 노동자들은 누구라도 나라면 어땠을까 생각해보지 않았을까. 이케다의 동료는 "경보가 울려도 현금, 우표, 개인정보, ATM 기기 등의 정리가 남아 있어 바로 떠날 수는 없었을 것이다"라고 말한다. 정상이 중지된 재난 상태에서 지휘 체계는 무용하다. 하지만 정상상태가 회복되면 모든 책임은 현장의 노동자에게 돌아온다. 그러니 중요한 것은 평상시에 '일보다 목숨'이라는 원칙이 고수되고, 현장에서 노동자의 판단과 결정을 존중하는 노동권이 확립되어 있는 것이다. 하지만 그런 것은 없었다. 후쿠시마 원자력 발전소에서 제1원전 4호기가 폭발하고 8일밖에 지나지 않은 3월 23일, 우정 본부는 '업무 재개'를 지시한다. "이유 없이 출근하지 않는 자는 무단결근 처리하겠다."고 했지만 작업을 재개한 우체국은 한 달 후에 폐쇄된다. 한 달 동안 배달원들은 방사능에 오염된 비와 바람을 맞으며 오토바이를 타고 달렸다.

이케다의 마음속에는 그 동료들과 함께 후쿠시마 원전 사고로 수십만 명의 사람들이 고향에서 쫓겨났다는 사실이 '깊은 곳에 앙금이 되어' 침전해 있다. 그래서 '도쿄를 위해서 쉬지 않고 전기를 보내던 후쿠시마'에 가보기로 한다. 후쿠시마를 직접 보고 난 그는 앞으로 50년이 걸릴지 100년

이 걸릴지 모른다는 복구 사업에 참여해야겠다고 마음먹는다. 역사적인 현장을 눈으로 보고 싶다는 마음이다. 하지만 복구 현장은 우체국을 정년퇴임하고 '신입'으로 들어온 미경험 노령 노동자의 마음 따위엔 관심 없으며, 대우도 하지 않는다. 그 후로 이 일본판 '임계장'(임시계약직 노동자)이 제염작업과 폐로작업 현장에서 직접 보고 겪는 일들은 자본주의 세계의 온갖 모순의 총집결판처럼 펼쳐진다. '후쿠시마'와 '하청노동'의 조합은 가장 높은 수준의 기술문명과 가장 낮은 수준의 노동형태의 결합을 상징한다.

하지만 위험지구에 모여든 노동자들이 모두 각자의 인류애를 마음 속에 침전한 채로 들어온 것은 아니다. 현장에서도 딱히 숭고한 희생정신 같은 것은 보이지 않는다. 오히려 이지메 같은 집단따돌림과 파워하라 같은 상사의 가혹행위가 수시로 일어난다. 대부분은 어디서도 일자리를 구할 수 없어 여기까지 흘러든 노동자들. 사람들이 기피하는 위험한 일에 '자원'하는 이들은, '생계형' 구직자들이다. 이치에프(1F)라고 불리는 원전1호기 건물 내벽에는 작업자들을 격려하는 '여러분은 영웅! 매일의 작업, 힘내세요!' 같은 글귀가 붙어 있고, 전국에서 온 응원메시지가 벽면을 채우고 있지만, 어쩐지 볼 때마다 머쓱할 뿐이다. 재난은 수많은 이들의 일자리를 앗아갔지만, 또 수많은 일자리를 만들어냈다. 그러나 생겨난 일자리는 사라진 일자리에 훨씬 못 미친다. 이런 장면은 코로나 사태와 기후위기로 수많은 이들이 일자리를 잃고 있는 지금 이곳의 현실과 겹쳐진다. 한국형 뉴딜, 그린뉴딜이 일자리를 창출할 것이라 말들 하지만, 노동자에게 돌아갈 일자리는 과연 어떤 것일까. 전문가들은 일자리의 개수만 말할 뿐, 노동자들이 원하는 일자리와 우리가 바라는 '노동'에 대해서는 말하지 않는다. 그들의 뉴딜에는 '노동자의 뉴딜'은 없다.

게다가 원전을 운영하던 원전기업체들이 사고 후 '복구사업'의 주체가 되어 정부로부터 막대한 지원금을 받고 '복구'가 새로운 돈벌이가 되는 모습은, 기후위기의 주범인 기업들이 가해자에서 피해자로, 다시 해결자로 둔갑하는 모습과 그대로 닮았다. 노동자들이 낸 국가의 세금이 기업을 먹여 살리고, 노동을 갈취하는 구조다. 한국과 마찬가지로 후쿠시마 원자력 발전소는 가난한 어촌 마을에 들어섰다. 석탄 호황기에는 탄광지로, 석유로 산업 동력이 바뀌면서 석탄이 사양화되자 '관광지'로 개발되었고, 다시 '지역경제 활성화'란 명분으로 '미래의 에너지' 원자력 발전소가 들어온 곳이다. 그 시절들은 주민들에게도 호황이었을까. 석탄 시절의 진폐증은 원자력 시대의 방사능 오염으로 바뀌었고, 석탄호황기의 인력모집과 공급을 담당했던 야쿠자 조직은 원자력 폐로 사업의 인력모집책으로 변신해서 떡고물을 쓸어 담고 있다. 주민들이 얻은 것은 위험과 질병이고, 잃은 것은 건강과 생명이다. 잘살게 된 것은 주민들이 아니다. 이제는 '사람이 살 수 없는 땅'이 되었다. 이케다는 이 슬픈 땅을 '에너지에 농락당한 땅'이라고 부른다. 원자력 다음의 에너지가 오면 이제 가난한 대지는 더 이상 농락당하지 않을 것인가? 나는 재생에너지 단지가 들어서고 있는 숲과 들판과 바다를 생각한다. 어쩌면 후쿠시마의 재건 전략에도 '재생에너지 단지'가 들어 있을지도 모르겠다. 사고로 넓은 유휴지가 생겨버렸으니, 먹거리를 키울 수도 없는 곳에, '미래 먹거리'를 유치할 수도 있지 않을까. 여기에는 또 얼마나 많은 이권을 노린 이들이 모여들 것인가. 전기는 토지를 잠식하고, 가난한 주민과 노동자들의 눈물을 먹고 낮은 데서 높은 곳으로 흐른다. '에너지 정의'를 말한다면, 토지의 정의, 거주의 정의, 노동의 정의, 분배의 정의, 책임의 정의를 말해야 한다.

노동자들도 '이익'을 바라는 사람들인 것은 맞다. 일일 '위험수당' 1만 엔을 받고, 목에 방사능측정기를 달고 작업장에 들어가는 그들은 돈에 가장 민감하다. 방사능 수치가 높아져 일을 못하게 되면, 오늘 일당은 어떻게 되는지를 제일 먼저 고민한다. 하지만 그런저런 이유로 모여들었다 해도 실제 작업을 해나가는 노동자들은 현장에서 보고 느끼며 배우는 것이 있다. 식당에서는 제염 노동자인 것을 알고는 공짜로 밥을 주기도 하고, 지역 사람들에게 와줘서 고맙

다는 말을 들을 때는 노동자들도 작은 보람과 사명을 느낀다. 하지만 현장은 이들을 계속 뿔뿔이 흩어놓는다. 노동자들은 몇 개월 단위로 계속 자리를 이동하며 제염이나 폐로 작업에 투입된다. 수많은 노동자들이 그날 그날 작업 명령에 따라 현장에 배치되어, 이유를 알 수 없는 지시를 받고, 왜 해야 하는지에 대한 설명 없이, 언제 종료될지 모르는 상태로 작업을 수행한다. 노동자들은 해고와 취업을 반복하면서 소속 업체와 현장이 계속 바뀌기 때문에, 이런 과정에서 노동자들은 스스로 숙련될 수도 없고, 관계를 쌓을 수도 없으며, 경험의 공유나 전수도 이루어질 수가 없다. 왜 그런 것일까?

제1원전 폐로 작업 현장에만 수백 개의 하청업체들이 들어와 있다. 그중의 하나인 이케다의 회사는 도쿄 원전으로부터 복구작업을 부탁받은 위탁업체의 하청의 하청의 하청 업체다. 위탁업체도 합작 형식으로 만들어진 회사다. 같은 작업처리반 내에도 서로 다른 회사에 소속된 노동자들이 뒤섞여 일한다. 그러니 임금도 처우도 각각이다. 언제 바뀔지 모르는 이와 '동료 관계'가 깊어질 리도 없다. 이런 현장 시스템은 지금 자본주의 전체의 노동관리 사회관리 시스템을 그대로 반영한다. 그것은 사람들이 협심하고 단결하지 못하고, 한 자리에 머물러 살고 일할 수 없도록, 계속 흩어지고 경쟁하며 끊임없이 이동하게 만든다. 위계화된 하청 구조에서 일을 따내고 제 몫을 지키려면 강자에겐 비굴하고 약자에겐 악랄해질 수밖에 없게 된다. 약자들 간의 전쟁을 부추기는 하청시스템은 자본의 사회관리체제다. 노동자들에겐 보이지도 않는 맨 꼭대기의 도쿄전력은 노동자들에게 정중하다. 현장의 어려움을 원청에 직접 전하도록 신문고제도를 운영하기도 한다. 하지만 노동자들에게 필요한 것은 소원 수리가 아니라 노동조합이고, 영웅 대접이 아니라 노동권이다. 도쿄전력은 모든 정보를 독점하지만, 개별화된 노동자들은 자신들의 신상을 포함한 현장의 정보와 노동자들이 공통으로 겪고 있는 문제와 요구사항을 공유하지 못한다.

평생을 우체국에서 보내고 퇴직한 노동자는 궁금하다. 몇 개월짜리 건설공사도 아니고, 폐로 작업은 100년이 걸지도 모른다는데, 왜 도쿄전력은 이 노동자들을 직접 고용하지 않고 외주화하는 것일까. 여기에는 엄청난 국가예산이 투입되는데, 왜 국가가 별도의 공사를 만들어 운영하지 않는 것일까? 만약 그렇다면 노동자들은 떠돌지 않고, 일하는 곳 근처에 집을 얻고 가족과 함께 안정적인 삶을 살면서 '지역사회'를 이룰 수도 있을 것인데 말이다. 이케다는 그런 의문을 품지만, 그것을 가로막는 거대한 회피의 구조 또한 잘 알고 있다. 노동유연화와 불안정화는 자본의 통치술이고, 하청은 책임을 회피하는 방법이다. 누구도 책임지지 않는 구조,

그 속에서 국가도 기업도 피해나간다. 원전은 건설도 하청이고, 해체도 하청이다. 하청이 복잡하고 다단계화될수록 기업의 책임도 분산된다. 하지만 원전 사고가 보여주었듯이, 그것은 시민들의 목숨을 담보로 하는 위험한 일에서 어떤 기관도 책임질 수 없다는 뜻이다.

원자력 발전 같은 고도의 기술 산업이 이토록 허약한 토대 위에서 굴러가고 있다는 것이 읽는 내내 충격적이다. 전문가들이 건설한 구조물이니, 전문가들이 해체하고 있을 것이라고 생각했는데, 실제로는 대부분 하청노동자에 의해 수행되고 있다는 사실은 더 놀랍다. 뭔가 전문적인 작업처럼 보였던 제염 작업이란 것은 결국 방사능 물질에 오염된 땅의 표면을 일일이 사람의 손으로 긁어내는 일이었고, 폐로 작업이란 것은 부서진 원전 내부를 '청소'하고 오염물질인 쓰레기를 특수처리된 백에 담아 배출하는 것이 다였다. 오염수 처리도, 핵융합봉 해체도 아직 시작도 못 했고, 배출된 비닐 백만 창고와 논밭에 쌓여 산이 되고 있다. 풀을 베고 흙을 긁어내도 땅속으로부터 오염된 풀과 꽃들이 다시 자라난다. 초록을 파내어 갈색 땅으로 만들면서, 이 노동자는 물을 수밖에 없다. 내가 하고 있는 일이 무슨 일인지를. 그 물음은 다시 우리에게 돌아온다. 우리는 지금 무얼 하고 있는지. 다시 인문학 수업을 하게 되어 생태와 환경 문제를 다루는 시간이 온다면, 나는 이제 노동 없는 환경 이야기는 하지 않겠다고 생각한다. 기후위기 뒤에는 위험한 에너지와 저렴한 노동이 함께 있었다. 후쿠시마의 하청노동자의 노동일지는, 에너지에 농락당한 대지와 자본에 착취당하는 노동을, 가장 낮은 곳의 목소리로 기록한 시대의 증언이다.

채효정

대학에서 정치철학을 전공했고, 경희대학교 후마니타스칼리지에서 예술과정치, 대안사회구상하기, 포스트모더니즘 미학과 예술 등을 강의하다 해고되었다. 부당해고에 항의하며 '대학은 누구의 것인가'라는 제목으로 잔디밭 강의를 이어갔고, 같은 제목의 책으로 묶어내기도 했다. 『대학은 누구의 것인가』 외에, 『능력주의와 불평등』, 『삐딱할 용기』, 『상상하라 다른 교육』, 『교육불가능의 시대』, 『학교를 버리고 시장을 떠나라』 등 공저가 있고 현재 경향신문 칼럼, 월간 워커스에 워커스 사전을 연재 중이다. 현재는 강원도 인제에서 농사를 지으며 연구 집필과 강의를 이어가고 있으며, 〈오늘의 교육〉 편집위원과 서화평화도서관 운영위원을 맡고 있다.

∞ 연속비평

「폭력-비판을 위하여」의 행간번역 (1)

윤인로

"메시아는 구원자로서만 오는 게 아니다.
메시아는 적그리스도의 초극자로서도 온다."
—W. 벤야민, 「역사의 개념에 대하여」(테제 6번)

3회에 걸친 이 연재 비평은 발터 벤야민의 「폭력-비판을 위하여」(1921)에서 다음과 같은 폭력들의 형질을 석출해내려는 작업이다. 카테콘적/적그리스도적 폭력, 마력적/운명적 폭력. 그 방법은 여러 개별 언어들로 번역된 벤야민의 그 글을 '순수언어'라는 벤야민적 언어신학의 이름 아래 '행간번역Interlinearversion'하는 것이다. 번역/비평의 대상이자 준거가 되는 판본들을 나열하면 다음과 같다. "독일어판 「Zur Kritik der Gewalt」(*Walter Benjamin Gesammelte Schriften*, Bd. II·1, Hrsg. R. Tiedemann u. H. Schweppenhäuser, Suhrkamp, 1991), 한국어판 「폭력의 비판을 위하여」(『외국문학』 11집, 이성원 옮김, 1986. 이하 K1); 「폭력의 비판을 위하여」(자크 데리

다, 『법의 힘』 부록, 진태원 옮김, 문학과지성사, 2004. 이하 K2); 「폭력비판을 위하여」(『발터 벤야민 선집』 5권, 최성만 옮김, 길, 2008. 이하 K3), 일어판 「暴力批判論」(『ヴァルター・ベンヤミン著作集』, 野村修 編訳, 晶文社, 1969. 이하 J1); 「暴力批判論」(『ドイツ悲劇の根源』 부록, 浅井健二郎 訳, 筑摩書房, 1999. 이하 J2); 「暴力の批判的検討」(『ベンヤミン・アンソロジー』, 山口裕之 訳, 河出書房新社, 2011. 이하 J3), 중국어판 「暴力批判」(『本雅明文选』, 陈永国 · 马海良 编, 中国社会科学出版社, 1999. 이하 C. 목차에 제시된 제목은 「暴力的批判」. 이는 다음 영어판의 중역), 영어판 「Critique of Violence」(*Walter Benjamin: Selected Writings*, Vol. 1: 1913-1926, Ed. M. Bullock and M. Jennings, Harvard UP, 1996. 이하 E), 스페인어판 「Para una crítica de la violencia」(*Iluminaciones IV*, Introducción y selección de E. Subirats, Traducción de R. Blatt, taurus, 2001. 이하 S1); 「HACIA LA CRÍTICA DE LA VIOLENCIA」(*Walter Benjamin. Obras Completas*, Libro II/vol. 1, Ed. J. Barja, F. Duque y F. Guerrero, Trad. J. N. Pérez, Abada, 2007. 이하 S2); 「Para una Crítica de la Violencia」(*Ensayos escogidos*, selección y traducción de H. A. Murena, El cuenco de plata, 2010. 이하 S3), 이탈리아어판 「Per la critica della violenza」(Trad. A. Sciacchitano, www.filosofia.it. 이하 I), 프랑스어판 「Pour une critique de la violence」(*Walter Benjamin Œuvres*, tome 1: Mythe et violence, Trad. Maurice de Gandillac, Denoël, 1971. 이하 F), 러시아어판 「К критике насилия」(*Учение о подобии*, Составление и послесловие И. Чубаров, И. Болдырев. М.: РГГУ, 2012. 이하 R). 원문을 포함한 15개 판본의 주요 개념들에 대한 번역을 이끄는 문장은 다음과 같다: "번역은 궁극적으로 언어들 상호 간의 가장 내밀한 관계를 표현하는 일에 그 목적을 두고 있다. 번역이 숨겨진 관계 그 자체를 드러내거나 창출할 수는 없지만 그 관계를 **싹틔움의 방향성 속에서**keimhaft[맹아적으로] 혹은 **집약적으로**intensiv[집중적으로] 실현함으로써 표현할 수는 있다. [⋯] **하나의 의미를 그 생성의 싹**Keim[떡잎(萌芽); 배(胚)]**을 통해 나타내는 일**."[1] 순수언어의 성분을 확인케 하는 이 문장들에 대한 독후감은 다음과 같다. "행간번역의 과제/소명이 언어구제의 상황을 집약적 낱말들에서, 말들 사이의 '내밀한 관계'에서 발현시키는 작업과 관련된다면, 그런 소명을 다하려는 번역자에게 개별 언어들은 서로에게 낯설지 않은 것으로, 그 언어들 각각이 지닌 형질변화의 역사를 넘어서는 '독특한 수렴관계(혈연관계·친척관계)'로, 어떤 높은 전체――목표이자 근원으로서의 '순수언어reine Sprache'――를 지향하고 있는 것으로 인식된다. 그런 근원-목표(로)의 회복-지향, 알파-오메가의 동시

1 발터 벤야민, 「번역가의 과제」[1923], 황현산·김영옥 옮김, 『번역비평』(한국번역비평학회, 창간호), 2007, 189쪽. 원문에 비춰 낱말 교체·수정·부연. 강조는 인용자.

적인 성취, 그것이 번역의 과제이고 이상이다."[2]

1-1. 그런 '과제' 혹은 '이상'을 방법으로 삼아 카테콘이라는 이름의 폭력형질을 석출하고자 할 때 주목하게 되는 것이 있다. 조르주 소렐의 『폭력에 대한 성찰』(1908)을 벤야민이 어떻게 번역/인용하고 있는지가 그것이다. 총파업·파업권의 형질에 대한 소렐의 구별에서 벤야민이 가장 먼저 번역/인용한 부분은, 이른바 '정치적 총파업'주의자들의 권력설계에 대한 소렐의 다음과 같은 비판이었다. 거기서 출발하기로 하자: "국가폭권의 강화가 그들이 가진 초안의 근저이다; 이미 정치인들〔즉 온건 사회주의자들〕은 현재의 조직 속에서 반대파의 비판에 타격받지 않고 침묵을 강제하며 거짓 법령을 발할 수 있도록 강력하게 중앙집권화되고 규율잡힌 폭력의 기초설계를 행하고 있다."[3] 소렐의 원문을 번역·인용함과 동시에 그 속으로 개입하면서 그 바깥을 의도·견인하려는 벤야민의 삽입구, '〔즉 온건 사회주의자들〕'이라는 한 구절을 눈여겨보게 된다. '온건'을 뜻하는 원어 gemäßigt[적당

2 이 큰따옴표 부분은 필자의 선행 작업에서 가져온 것임. 작은따옴표 부분은 벤야민의 것임.

3 「폭력-비판을 위하여」에 번역·인용된 조르주 소렐, 『폭력에 대한 성찰』의 한 대목. 〔 〕는 벤야민의 것. 이하 출처의 표기 없이 인용되는 것은 모두 필자의 번역.

한, 알맞은, 늦추는, 완화·절제하는, 중용의]는 서양의 번역어들 속에서 독일어 moderat[적당한·온건한·신중한]와 동형적인 낱말들로 옮겨지고 있다. "moderate"(E, 중간의, 보통의, 중도의, 적당한, 온건, 절제, 과부족 없는), "moderadamente"(S1, 절도 있게, 알맞게, 적당히, 온건하게, 과격하지 않게), "moderados"(S2; S3, 온건파, 알맞은, 어울리는, 적당한, 중용의), "moderati"(I, 온건파, 온화한, 보통 속도의), "modéré"(F, 절제 있는, 중용의, 중도의, 온건파의), "умерено"(R, 적당한, 온건정책, 온대).[4] 벤야민이 삽입·개입하고 있는 gemäßigt에서 중심적인 것은 특정 수준水準의 균형선이나 적합한 한계수위의 유지를 뜻하는 'mäßig'인바, '온건'이라는 낱말은 법설정과 법보위 그 각각의, 그리고 그 둘 간의 관계의 적정선을 고려하고 배려하는 조율과 절충의 성분을 갖는다. 그것은 예컨대 벤야민의 "적법성Rechtmäßigkeit"이라는 낱말에서처럼, 알맞게 관리되고 절제되어mäßig 균형 잡힌 힘의 상태, 그러한 상태가 가진 유연하고 탄력적이며 절도節度있는 힘을 뜻한다. 그런 온건의 조정력·타협력을 정치의 준거로 삼는 사회(민주)주의자들, 즉 절제와 대화의 이름

---

4 벤야민의 삽입구를 옮긴 다른 번역어들은 다음과 같다: "온건사회주의자들"(K1), "온건 사회주의자들"(K2), "온건한 사회주의자들"(K3), "穏健な社会主義政治家たち"(J2, 온건한 사회주의정치가들), "穏健な社会主義政治家"(J1), "穏健な社会主義者たち"(J3), "温和的社会主义者"(C, 온화한 사회주의자).

아래 "노동 조건의 피상적인 수정Modifikation[분식]"에 스스로를 국한시키고 "표면적인 양보와 노동 조건의 특정한 수정에 따라 기존 노동을 재개하려는 준비태세"로 대기 중인 온건 사민주의자들은 절충적 통치 모듈의 필요불가결한 하위 파트너로서, 유혈적 적법성의 설정/보위라는 국가폭권의 외주사무처로서, 협치의 적정선을 타협하고 타설하는 유령적 재량처분권의 매개자·영매자로서 그런 국가권능을 공동으로 분점·행사·심화한다. '온건 사회주의자들'이라는 벤야민의 삽입구를 "절충gemäßigt[적정(적당)] 사회주의꾼들"로 번역하고자 하는 이유와 근거가 그와 같다. 법의 적정선을 고려하고 배려하는 절충과 보충, 그 속에서 예정되는 국가권능과의 조화를 위한 준비태세, 처음부터 끝까지 예정조화된 것이기에 결코 타격받지 않는 진보/법의 필연적 온대Gemäßigte Zone, 그런 온건의 이윤 축적체를 이른바 '새로운 시대(노이에 자이트)'라는 구원적 질서계획의 이름 아래 도래시키려는 긴급한 필요. 그것이 절충 사회주의꾼들, 온건 사민주의자들이 향하고 있는 풍요의 근원, 안전의 방법이자 목표이다.[5]

---

5 구원자『새로운 시대』(독일 사회민주당 주간지), 그러니까 편집장 카우츠키 주도의 그 잡지(1891~1917) 독자였던 벤야민은 사민주의적 폭력에 대한 비판을 정세의 상이함 속에서도 줄곧 견지하는바, 그것은『역사와 계급의식』(루카치, 1924)을 통해 알게 된 로자 룩셈부르크의 베른슈타인 비판(곧, '사회개혁이냐 혁명이냐'), 스탈린의 '일국적 메시아주의'에 대한 트로츠키의 비판(곧 '일국 사회주의냐 영구혁명이냐'), 스

그렇게 처음과 끝을 합치시킨, 그렇기에 모순 없는, 지양 없는, 변증법적 도약 없는, 특권연합화한 그들 절충 사민주의자들은 '침묵을 강제'하고 '거짓 법령'을 발할 수 있는 중앙집권적 국가폭권의 유일한 질서화 프로그램을 설계중이다. 그들의 그런 유혈적 텔로스(시초=목적), 진보의 그 강령적 청사진 속에서 침묵을 강제하는 법의 폭력, 그 신화적 형질을 가리키는 한 구절로서의 '거짓 법령'. 소렐의 원문으로는 "qui décrètera ses mensonges"(F, 거짓을 [법령으로] 공포·포고하는[6]), 벤야민의 번역어로는 "verlogenen Dekrete". 번역어 Dekrete는 소렐의 불어 동사가 불어 명사 décret의 관계적 의미성분——곧 칙령을 용례로 갖는 주권자의 '명령·법령'이라는 뜻, 동시에 교황령을 용례로 갖는 '교회(법)령(집)'이라는 뜻, 나아가 신의 뜻이나 숙명을 용례로 갖는 초월자의 '절대적 의사·강제·힘'이라는 뜻——으로 이뤄진 것임을

탈린과 히틀러 간의 불가침·평화조약을 수용했던 당대 사회민주당에 대한 「역사철학테제」(1940)에서의 비판과 상보적으로 접촉한다. 「폭력-비판」 혹은 '게발트-크리틱'과 「역사철학테제」는 그렇게 온건 사민주의의 절충적 폭력형질에 대한 판별 속에서 구성적으로 접촉된다. 말하자면, '폭력의 역사에 대한 철학'으로서의 「역사철학테제」. 이하, 여기 「폭력-비판」의 번역어들을 그런 상보적인 생장상황으로 결정하고 분만하기 위해 「역사철학테제」의 특정 부분들이 인용되는 근거가 거기에 있다.

6 국역본에서는 "거짓말을 남발할"(조르주 소렐, 『폭력에 대한 성찰』, 김용재 옮김, 나남, 2007, 237쪽)로 옮겨져 있다.

표현하려는 번역의 의지를 따른다. 왜냐하면 번역어 Dekrete가 법적 명령·발포·포고 및 선고·판결을 뜻함과 동시에 교령教令과 신명神命의 뜻을 함께 지닌 낱말이기 때문이다. 벤야민의 그 역어는 소렐의 동사를 명사로 전치시키면서 그것의 형태와 내용을 가능한 한도 안에서 누수 없이 표출한다. 그 점에서 다른 개별 번역어들도 빈도와 정도의 차이는 있을지언정 소렐 원어와 벤야민 역어 간의 동형적이고 등질적인 관계 속에서 운동하고 있다: "decretos falaces"(S1, 각령·명령·결정기입. 용례로서는 [비상시; 법 위(바깥)에서] 칙령·위수령·특별사면령을 내리다, 교령을 내리다, 불벼락을 내리다dar el decreto tiránico; 속임수의·허위의·거짓된·위선적인), "decreti menzogneri"(I, 명명·명령·법령·규정·칙명. 용례로 신의 뜻decreti della provvdenza; 거짓된·위증하는·기만적인), "mendacious decrees"(E, 허위의 법령·칙령·조치령, 용례로 신의 작정[예정]the Divine decrees), "лживые декреты"(R, 거짓말하는 법령·포고·칙령), "promulgará por decreto sus propias mentiras"(S3, 자신들의 거짓말을 법령으로 [장엄히] 공포하다), "falsas opiniones"(S2, 거짓된·모조[위조]된 판단들·견해들). 이 번역어들과 함께 그것들 곁에서 소렐의 원어와 벤야민의 역어가 법적인/신적인 의미소들의 합성상태로서 서로 조응하고 있음을 표시하기 위하여 다음과 같이 옮긴다: "거짓 법[·신·칙]령". 이 역어는 나머지 다른 번역어들의 단선적인 혹은 평면적인 의미결정을

문제시한다: "허위법령"(K1), "기만적인 법령들"(K2; K3), "インチキな命令"(J1, 사이비 명령), "いんちきな指令"(J2, 사이비 지령), "嘘の指令"(J3, 거짓된 지령), "捏造的法令"(C, 날조된 법령). 법의 타협, 생사여탈의 절충을 통해 설정되고 보위되는 '거짓 법[·신·칙]령', 그것은 저 모듈장치로서의 사민주의적 법의 힘이 가져올 노이에 자이트, 구원적/유혈적 신시대의 동력이다.

1-1-a. 당대 이름난 사민주의 이론가 디츠겐은 다음과 같은 거짓 법[·신·칙]령을, 모조구원적 법권역을 선포한다. 말하자면, 온건-적그리스도가 베풀어 다스리는 법설정적/법보위적 구원체, 절충적 부富의 정치경제체·경제신정체: "노동이란 신시대의 구세주Heiland[대속자·구주(救主)]를 일컫는바 […] 노동의 […] 개량 […] 속에는 […] 이제까지 그 어떤 구원자Erlöser도 완수하지 못했던 것을 지금jetzt 완수해낼 풍요로운 부가 존속하고 있다."[7] 노동의 개량, 그러니까 노동 조건의

7 요제프 디츠겐, 『사회민주주의 철학』, 『전집』 1권, 1911(발터 벤야민, 「역사의 개념에 대하여」, 341쪽에서 재인용. 번역은 수정). 디츠겐의 다른 한 문장은 「테제」 13번의 첫머리 에피그램으로도 인용된다. 곧, "우리의 과제는 날로 더 분명해지고 민중은 날로 더 영리해지지 않는가." 벤야민은 인류의 진보와 대중기반에 대한 디츠겐의 맹목적 신념, 이에 근거한 국가폭권의 필연적인 장악과 종국적 폐기라는 절충 사민주의의 결정론적이고 예정조화론적인 공정을 비판한다: "사회민주주의 이론은,

외면적인 수정과 타협적인 모듈 속에서 노동은 '신시대의 구세주'로서 전대미문의 구세를 행하는 힘으로, 구제된Heil 땅land을 지금 현재화하는 힘으로 들어올려진다. 그러하되 실제로는 어떤가 하면, 디츠겐의 그 '지금'이란 다만 아직 오지 않은 시간으로서만, 오직 앞으로 올 것이기에 지금 당장은 결코 안未 올來 시간으로서만, 매회 지연되고 있는 미래의 시간을 타협주의 속에서 대체보충시키는 절충적 폭력의 시간으로서만 구동된다. 그런 디츠겐의 거짓 구원적 '지금'을 선명한 '적'으로 돌려세우고 개시시키는 힘의 시간, 다시 말해 벤야민의 '지금' 혹은 '지금이때jetztzeit'의 시간은 이미-벌써 와서 그런 대체보충을 중단시키고 있는 힘, 다 온 것이 아니라 여전히 오고 있는 것이기에 이미 온 시간을 쇄신시키고 있는 힘, 항시 도래중인 메시아적 힘이다. "지금jetzt 속에서 진리에는 폭발 직전의 시간이 장전된다"; "인식 가능한 지금 속에서의 이미지는 모든 해독의 기반을 이루는 위기적kritisch이며 위험한 순간의 각인을 최고도로 유지하고 있다."[8] 위기/비판으로서 발현하는 벤야민의 '지금'은 디츠겐이 발포하

나아가 그 실천은 더더욱 현실에 근거를 두지 않고 교조적인 요구를 갖는 진보 개념에 의해 규정되었다. […] 인류의 진보라는 생각은 역사가 균질하고 공허한 시간을 관통하여 진행해나간다는 생각과 분리될 수 없다."(344쪽, 테제 13번)

8 발터 벤야민, 『아케이드 프로젝트』 I, 조형준 옮김, 새물결, 2005, 1056쪽.

는 구원적 '지금'이라는 것이 실제로는 진보와 미래 청사진의 숨겨진 이면에서 '산 노동'을 저당잡히고 있는 폭력의 시간임을, 그 폭력이 다름 아닌 자본축적의 불멸성을 위한 원상복구적 수단으로 배치된 것임을 들추어낸다. 디츠겐이 횡령하고 있는 '지금'으로부터 박탈·탈환해 온 벤야민의 메시아적 '지금'은 디츠겐의 '지금'이 온건 타협주의의 폭력공정이자 존재격률로서, "지배계급의 도구로 넘어갈 […] 타협주의"[9]의 관리기계 속으로 산 노동의 힘을 포섭·합성·소외·소진·침묵시키는 폭력의 재생산력임을 개시한다. 이는 「폭력-비판」이 행하는 당대의 '의회주의' 비판, 이를 위해 인용되고 있는 웅거의 다음 문장과 직결된다: "타협은 폭력의 정신성향에 속하는 그것의 생산물이며 […] 외부로부터 동기 부여된 것인 한에서 모든 타협은 […] 외부적 강제의 성격을 띤 동인에 대해 생각하지 않을 수 없게 한다."[10] 폭력의 정신성향에서 분비되는 타협주의, 폭력의 멘탈리티가 자신의 주형틀로 조형해내는 물질적 신체로서의 절충주의. 그 속에서 폭력의 체제는 자신의 손실 없는 지속을 위한 정당성의 근거를 설정하고 자신의 완전한 불멸성을 위한 그 근거의 보위를 도모한다. 그런 웅거, 인용된 그는 또 하나의 소렐적 비판

---

9 발터 벤야민, 「역사의 개념에 대하여」, 334쪽(테제 6번).

10 「폭력-비판」에 인용된 에리히 웅거, 『정치와 형이상학』(1921)의 한 대목.

이다.

1-1-b. 왜냐하면 소렐이 다음과 같이 인용되고 있기 때문이다: “정치적 총파업이란 […] 어찌하여 국가가 자신의 힘을 조금도 잃어버리지 않는지를, 어찌하여 권능이 한 특혜층에서 다른 특혜층으로 조바꿈되는지를, 어찌하여 생산자 대중이 지도자들을 교대시키는 데서 머물고 마는지를 알려준다.”[11] 국가의/국가라는 힘의 손실 없는 보장-근거, 권능의 ‘조바꿈’, 지배자의 ‘교체’. 소렐을 번역한 벤야민의 그 낱말들은 타협이라는 폭력의 멘탈리티를 배려·생산·합성함으로써 가능해지는 국가폭권의 영속적인 리듬을, 항시적인 절충/보충으로서의 권능의 자기재생산을 가리킨다. ‘조바꿈되다’; ‘교대시키다’, 소렐의 원문으로는 “transmission”; “changer”(F, 전달·양도·이양·상속·계승; 갈아끼우다·갈아입히다·바꾸다[교환·교체하다]), 벤야민의 역어로는 “übergehen”; “wechseln”. übergehen은 ‘(다른 쪽으로, 적에게로) 넘어가다·건너가다·옮아가다·조바꿈하다·미끄러지다’ 등을 뜻하며, wechseln은 ‘바꾸다/갈다/고치다[‘개량’의 성분]·변경·대체·변환·교환·환전하다’ 등을 뜻한다. 소렐의 원어와 벤야민의 역어는 절충적 협치의 연속성을, 연속성이라는 통치 정통

11 「폭력-비판」에 번역·인용된 소렐, 『폭력에 대한 성찰』의 한 대목.

성의 근거를, 통치의 공백 없음을, 통치의 공위空位·궐위闕位에 대한 사전적/사후적 예방·조치로서의 타협적 폭권의 정신과 신체를 가리킨다. 다음과 같은 번역어들 일체가 그런 사정을 표시하고 있다. "이양될 뿐이며"; "바꾸게 되리라는"(K1), "이양되는지"; "바꾸게 되는지"(K3), "옮겨가는지"; "바꾸는지"(K2) "移るように"; "置かれるように"(J1, 옮기듯이; 놓이게 되듯이), "移ってゆくか"; "取り替てゆく[…]か"(J2, 옮겨[옮아]가는지; 교체해가는[…]지), "移行していくか"; "取り替ていくことになるか"(J3, 이행해 가는지; 교체되어가는지), "转移"; "更换"(C, 옮기다·이동하다·변화[변천]하다·전환·이동; 교체하다·변경하다), "transferred"; "change"(E, 옮겨지다·이전되다·송달되다; 변경·교체·전환), "transferir"; "trueca"(S1, 양도하다·이동시키다·이전하다·대체하다; 바꾸다·교환하다), "transmitir"; "cambiara"(S2, 전달하다·전염·전이되다·옮겨지다; 바꾸다·교환하다), "pasaría"; "cambiaría"(S3, 통과시키다·넘어가다·건네다; 바꾸다·교체·교환하다), "passerebbe"; "cambierebbero"(I, 지나가다·통과·횡단하다; 바꾸다·교체하다), "переходит"; "сменит"(R, 건네다·건너다·넘어가다·지나가다; 바꾸다·교체하다·갈다). 다시 옮긴 행간번역어로는, "조바꿈되는지[미끄러지는지]"; "교대[보충]시키는". 국권적 폭력은 어떻게 그런 교대보충의 통치연장延長/鍊裝을 가능케 하는가. 소렐-웅거, 그리고 벤야민은 답한다. 국권적 폭력의 비밀화된 공동행사를 통해서, 협치

라는 친화적 적대(적대적 친화력)의 공개적 장을 설정하고 보위함으로써, “시초부터 사회민주주의가 고향집처럼 안온해하던[통달해있던] 타협주의”[12]를 정치의 최전선이자 마지노선으로 약속하고 구동시킴으로써, 줄여 말해 절충으로 통달한 폭력, 그것을 통해 현시되는 거짓 구원적 ‘권능’을 최적화된 상태로 유지·준용·보충함으로써.

1-2. 소렐의 번역/인용 속에 삽입해 놓은 벤야민의 한 구절, “〔즉 절충[적정(적당)] 사회주의꾼들〕”에서 다르게 시작하기로 하자. 불어 역자는 벤야민의 번역문을 소렐의 불어 원문으로 대체하면서, 저 삽입구를 아무 표시 없이(벤야민이 불어 원문의 흐름을 끊고 개입한 아무런 흔적 없이) 말끔하게 각주로 처리·처분하고 있다(뒤이어 곧바로 인용되는 소렐의 다른 한 대목에서도 벤야민의 중략표시는 삭제조치되고 없다). 그렇게 F의 텍스트 직조공정 속에서 소렐의 원문은 삽입·개입·생략·중단이라는 오염 없는 순연성을 온전히 보존하게 되지만, 반면에 번역과 인용을 관통하는 벤야민의 의지는 봉쇄되고 만다. 그럴 때 F의 역자가 살린 소렐의 그 순연성은 오히려 소렐을 죽음으로 가는 길의 초입에 데려다놓으며, 그렇게 F 속에서 소렐의 원문은 스스로가 지닌 ‘최후적 삶·생

12 발터 벤야민, 「역사의 개념에 대하여」, 340쪽(테제 11번). 번역은 수정.

명'을 박탈당한다. 소렐 원문의 잔존하는 생명에 다시 불꽃을 점화하는 일은, 소렐의 원문에 조응하는 벤야민의 번역/인용이 게발트의 분광기Spektroskop로 발현하는 과정/소송으로서(써) 행해진다. 게발트라는 낱말의 의미중첩성에 접촉·대척하는 여러 힘들의 형질이 게발트-크리틱의 '빛'을 받아 펼치게 되는 '스펙트럼'. 그 빛과 그 스펙트럼을 표시하기 위하여 다시 한 번 예컨대, 벤야민이 소렐을 번역한 여러 낱말들, 곧 i) 중앙집권화되고 규율 잡혀있는 "폭권"의 기초설계, ii) "국가폭권"의 강화·보양, iii) 국가폭권 혹은 국권적 폭력이라는 "힘"의 손실 없는 보장-보험, iv) "권능"의 조바꿈·미끄러짐, v) "통치자"의 교대·보충·보강이라는 용례들에서, 벤야민은 소렐의 원어 i) "pouvoir"를 "Gewalt[폭권]"로, ii) "État"를 "Staatsgewalt[국가폭권]"로, iii) "force"를 "Kraft[힘]"로, iv) 동일한 "force"를 이번에는 "Macht[권능]"로, v) "maîtres"를 "Herren[지도자들]"으로 판별判別하면서 번역/인용한다. 말하자면, 인용을 수행하는 번역, 인용으로서의 행간번역: "중단은 인용의 기초이다. 하나의 텍스트를 인용한다는 것은 그 텍스트의 상관관계를 중단시킨다는 뜻을 내포하고 있다."[13] 그런 '중단'의 힘은 텍스트의 목적성에 긴박되고 주박들린 목적-수단관계로부터 낱말을 폭력적으로 이탈·성별시킴으로

13 발터 벤야민, 「서사극이란 무엇인가」, 앞의 반성완 번역본, 57쪽.

써 낱말의 근원성을 상기/회복하려는 벡터를 갖는다. 인용·중단의 그런 파괴적/회복적 힘은, 게발트-크리틱이라는 것이 정의와 법에(그리고 그 둘의 관계에) 폭력이 어떻게 간여하는지를 준별하고 분광시키는 작업이듯이, 벤야민적 정의의 형질에, 정의/최종심의 정초에 간여한다: "구제하고 처벌하는 인용에서 언어는 정의의 모체임이 입증된다. 인용은 낱말을 그 이름대로 호명하며, 맥락에서 파괴적으로 떼어낸다. 그러나 바로 그럼으로써 인용은 낱말을 그것의 원천으로 불러온다."[14] 소렐 원문의 목적-정합적·자족적·의지적 직조상태를 중단하고 정지시키는 '인용'의 정당성·정의가 소렐의 낱말들에 대한 벤야민의 '번역'을 통해 함께 수행되고 있다(혹은 그런 '인용'에 의해 '번역'의 메시아성이 관철되고 있다). 소렐이 말하는 pouvoir, 곧 힘·권력·권한, 역량·권위, 능력·영향력, 지배력·정치권력, 정권·당국·정체 등을 뜻하는 환원불가능한 의미망을 힘·폭력·권력·위력, 권세·세력, 지배(권)·통치(권), 강제력·압력·완력·실력(행사), 격렬·맹위 등을 뜻하는 Gewalt의 의미중첩성·벡터관계성으로 번역하는 데서 시작해, 벤야민은 먼저 국가·국가기구·정부·정체, 상태·사태·상황, 국적·신분·지위, 목록·명세·표·등을 뜻하는 État를 그 낱말이 의미화되는 소렐 원문의 문맥·과정·의지를 증강·증

14 발터 벤야민, 「카를 크라우스」, 앞의 선집 9권, 341쪽.

진시켜 Staatsgewalt로 번역한다. 그럴 때 벤야민은 소렐의 État를 소렐과는 달리 pouvoir de l'État로 독해하고 있는 것이며, 그렇게 État를 pouvoir의 의미연관 내부로 인입시켜 배치하고 있는 것이다. 그런 독해·인입과 동시적인 번역/인용으로 분만된 것이 Staatsgewalt라는 낱말이라고 할 때, 그것의 행간번역은 어떻게 수행될 수 있는가. pouvoir가 중심성분이 된 특정한 용례들——헌법제정권력, 집행(권)·입법(권)·사법(권), 전권全權, (국법적·가톨릭적) 위임권, 경찰권(력), 생명권력, 대항권력——에서 시작할 수 있지 않을까 한다. 전권pleins pouvoirs, 달리 말해 '중앙집권화되고 규율화됨'으로써 완전히 채워지고 매워진pleins, 전적으로 충전되어 충만해진 통·권·능·력pouvoir으로서의 전-권. 벤야민의 번역어 Gewalt는 집중적·집권적 pouvoir를 그런 전권적인 힘이자 그 발현상태로 인용한다.[15] Gewalt라는 번역어/인용어를 관통하는 그

15 pouvoir의 번역어/인용어 Gewalt를 옮긴 "power"(E); "potere"(I); "власти"(R); "poder"(S2; S3)는 미세한 차이 속에서도 공히 힘·능력·역량, 권력·권한·권능·직권, 정권, 지배력·영향력, 무력·병력·군사력 등을 함께 뜻함으로써 의미연관의 공통성을 나눠 갖는바, 각 낱말들의 용례들 속에도 모두 '전권'이 들어있다. full[plenary] powers, pieni poteri, полновластие는 모두 불어와 마찬가지로, 가득 채워져서(full) 흘러넘치고 있는(полно) 충만·편만의 상태를 저변으로 삼고 있으며 '정점·절정·극치·한창때'(pièno)를 유지하는 힘으로서의 전권을 함께 가리킨다. 독일어 '전권(Vollmacht)' 또한 그렇게 흘러넘치고 전면적인(voll) 힘의 상태에 근거해 있다(그러하되 그것은 gewalt가 아니라 'macht'로 되어 있다.

런 의미화의 틈입과정, 그 차이와 흔적을 "폭·권·위·력Gewalt/pouvoir[전-권]"이라는 번역어로 전개시켜 표시하고, 그것의 접선으로서, Staatsgewalt라는 벤야민의 증강된 번역어/인용어를 "국가의 폭·권·위·력Staatsgewalt[국권=조·치·직·권]"으로 옮기고자 한다. Staatsgewalt는 본문에 총 5회 나오는데, 그 가운데 벤야민의 직접적인 번역/인용이 아닌 나머지 4회 또한 모두 소렐 총파업론의 문맥에 접속되어 있다. 달리 말해 그 4회 모두 번역어/인용어로서의 Staatsgewalt에 접촉되고 있다. 그 연장선에서, 혹은 그것의 접선으로서 그런 접촉의 성분을 나눠 가진 낱말들, 곧 "Rechtsgewalt"는 "법의 폭[·권·위·]력"으로, "Kriegsgewalt"는 "전쟁의 폭[·권·위·]력"으로, "Militärgewalt"는 "군대의 폭[·권·위·]력"으로, "Polizeigewalt"

이는 소렐의 force에 대한 벤야민의 번역어/인용어가 다름 아닌 Macht라는 점에서, 벤야민이 Gewalt와 Macht를 구분하는 이유와 근거에 대해 사고할 수 있게 한다. 이는 뒤에서 서술될 것이다). 그렇게 흘러넘치는 힘의 중핵을 알려주는 것은 스페인어 '전권(poder arbitrario)'인데, 그 낱말이 임의적·자의적·독선적(arbitrario)이며 '자유재량적인' 폭력을 중심성분으로 갖고 있기 때문이다. 그렇게 가득 충전된 상태, 빈자리 없이 구석구석까지 온전히 미치는 힘의 형태로서의 전권은 정확히 반대 방향에서도 설정될 수 있는 것인바, 불어 carte blanche는 '아무것도 적혀 있지 않은' 백지·백지위임·자유재량적 집행의 권한을 뜻하며, 그것은 영어권에서 '전권'으로 활용된다. 그렇게 전권이란 가득 찬 것인 동시에 텅 빈 것이다. 텅 빔으로써만 가득 찰 수 있는 역설 혹은 양의성-마성(魔性). 말하자면, 법의 전면적인 정지를 집행할 수 있는 힘이 법의 자유재량적 준용을 관철시킬 수 있는 힘인 것처럼.

는 "경찰의 폭[·권·위·]력"으로, "Blutgewalt"를 "피의 폭[·권·위·]력[피에 주린 조·치·직·권]"으로, "Gegengewalten"은 "대항적 폭[·권·위·]력"으로 옮겨질 수 있다. 이를 예외로 하여, 그러한 합성어도 아니며 따옴표 속의 번역어/인용어도 아닌, 150회 이상 독립적으로 등장하는 Gewalt라는 낱말은 "폭권"과 "폭력"으로 의미의 주성분을 구분하여 옮겨야 할 때도 있지만, 그런 구분을 초과하거나 능가하는 의미화의 필요성에 응해야할 경우라고 판단될 때에는 "게발트"로 음역할 수 있을 것이다. 즉, 독립되어 상시적으로 등장하는 Gewalt라는 낱말은 소렐에 대한 번역어/인용어로서의 Gewalt라는 예외적 용례에 의해 간섭·삼투·오염되고 있으며, 그때 '게발트'라는 음역은 그런 물듦·침투·삼투압의 경계소멸적 상태를 의미화하고 표시하기 위한 필요의 산물이다. '게발트'라는 번역어는 그 음역의 과정 속에다가 소렐에 대한 벤야민적 번역/인용의 힘을 주입시키려는 어떤 시도·내기의 산물이다. 혹은, 벤야민의 번역어/인용어 Gewalt의 간섭을 살려「폭력-비판」속의 다른 Gewalt들을 의미확정의 정지상태로서 점화시키고 섭생시키려는 어떤 도박이다. 혹은, 의미의 그런 정지상태 속에서 의미화의 꼭짓점·첨점을 스치며 지나가는 의미접선들의 잠재력을 표시하고 의미생장의 장을 구축하려는 내기·도박의 판돈·결과이다. 그런 내기를 관통하는 것으로서, 여기서도 이렇게 말할 수 있지 않을까 한다. 예외는 열정적으로 전체를 설명한다.

1-2-1. 소렐의 État를 증진시킨 벤야민의 번역어/인용어 Staatsgewalt가 국권적 폭력의 분리 불가능한 의지·의사로 이뤄진 것일 때, 그러므로 전-권의 일반의지로 구동되는 것일 때, 그 낱말을 “폭·권·위·력pouvoir/Gewalt[전-권]”이라는 낱말군群 곁에서 옮긴 “국가의 폭·권·위·력Staatsgewalt[국권=조·치·직·권]”은 다음과 같은 여러 번역어(들)의 틈새를 비춘다. 벤야민의 Gewalt-Staatsgewalt, 각각 “권력”-“국가권력”(K1), “폭력”-“국가권력”(K3), “권력[폭력]”-“국가의 폭력”(K2, 대괄호는 K2의 역자), “暴力[権力]ゲヴァルト”-“国家暴力”(J2, 폭력[권력]게발트-국가폭력. 대괄호는 J2의 역자), “権力”-“国家権力[暴力]”(J3, 대괄호는 J3의 역자), “暴力”-“国家暴力”(J1), “权力”-“国家权力”(C, 권력-국가권력), “power”-“state power”(E, -국가권력 · 공권력), “potere”-“dell’autorità dello Stato”(I, -국가의 [합법적인] 권한·권능·직권·권력), “poder”-“Estado”(S2; S3, -국가), “violencia”-“violencia del Estado”(S1, 폭력·완력·강권; 격렬함·맹렬함·사나움-국가의 폭력…), “власти”-“государственной власти”(R, -국권·국가권력·주권·주권기관). 한국어 · 일본어 역자들이 동일한 Gewalt——엄밀하게 말하자면, 차이가 없지는 않은, 합성어 속의 gewalt와 합성어 아닌 Gewalt——를 ‘폭력’과 ‘권력’으로, 혹은 ‘권력’과 ‘폭력’으로 구분하여 옮기

고 있는 데에서, 그리고 그들이 사용하고 있는 저 대괄호들에서, 특히 그 대괄호도 부족해 가타카나 음역으로 '게발트'라고 작게 덧붙이고 있는 J2에서 '게발트'의 중층성을 옮기기 위한 의지의 밀도와 세기의 방향성을, 방법과 고안의 실험성을, 그리고 그 모든 것들의 조절과 절제를 본다. S2와 S3는 Staatsgewalt를 '국가'로만 옮김으로써 결과적으로 소렐의 불어 원어를 옮긴 것이 되어, 그 원어를 번역/인용한 벤야민의 의지를 드러낼 수 없게 된다. S1은 S2·S3의 poder라는 낱말의 다의성·관계성을 버리고는 그 낱말에 비하면 비교적 단선적이고 일의적인 violencia를 택했고, 그것과의 등가적·기계적 접합 속에서 '국가의 폭력'이라고 번역함으로써 경직성을 배가시키고 있다. 그 점에서 J1과 K1은 다르지 않다. I의 역자는 동일한 Gewalt를 potere와 autorità로 준별하여 옮기면서, 후자가 전자에 비해 합법적 권력으로 구성된 기구·조직 및 그것의 근저·출처라는 뜻을 더 강하게 지니고 있음을 살렸다. I의 역자가 행한 그런 준별 곁에서 다시 시작될 수 있는 것, 그것은 벤야민이 소렐의 force를 Kraft와 Macht로 준별하여 번역/인용한 의지와 관련된다. force는 힘, 체력·능력·활력·세력, 폭력·억압력·영향력·위력, 분발·분투·전력·노력, 강도·세기, 효력·효과, 군대·부대 등을 뜻한다(그 용례 하나로 '법의 힘'을 들 수 있다). 소렐은 force라는 낱말로 i) '국가'가 아무 손실 없이 보존하고 있는 '힘'과, ii) '특혜층'

간에 조바꿈되는 '힘'을 동일하게 표시했는데, 벤야민은 i)의 힘을 Kraft로, ii)의 힘을 Macht로 번역/인용함으로써 다시 정의하고 차이를 주어 맥락화한다. Kraft라는 낱말(로)의 번역/인용을 통해 벤야민은 '국가의 폭·권·위·력', 즉 국가의 게발트가 신체적·정신적·법률적·물리적·집단적·조직적인 에너지·역량·근력·정신력·의지력·작용력·효력으로서의 Kraft라는 낱말을, 적정선에서 자신의 손실을 관리하고 계측하기 위한 집권적 인식·소유·운용의 동력이자 산물로 설정한다. 벤야민에게 Kraft의 국가게발트적 운용의 벡터가 정지되는 것은 다름 아닌 그 Kraft의 다른 벡터, 예컨대 "[신적인] 게발트의 죄씻겨내는 힘entsühnende Kraft der Gewalt" 또는 "혁명적 힘Kräfte"에 의해서(혹은 "노동자 계급이 지닌 가장 강력한 힘Kraft"[16] 또는 "**약한** 메시아적 힘eine s c h w a c h e messianische Kraft"[17]에 의해서)이다. 벤야민에게 Kraft는 그 Kraft를 전유하고 조형해가는 국가게발트와 신적인/혁명적인 게발트 간의 적대 속에서 규정된다. Kraft라는 번역어/인용어에 의해 그런 적대의 구도가 개시開示/開始되는 것이다. 모종의 행간번역어로는 "기·세·력·능Kraft". 그 곁에서, 소렐의 force를 Macht로 번역/인용한 벤야민의 의지는 어떤 의미화의 과정으로 발현하

16 발터 벤야민, 「역사의 개념에 대하여」, 343쪽(테제 12번).
17 발터 벤야민, 「역사의 개념에 대하여」, 332쪽(테제 2번).

는가. 적대적 공모·수수관계 속에서 순환적으로 부침을 반복하는 특혜층들, 그들 연합특권의 수수·유전·조바꿈·미끄러짐 속에서 변함없이 보위되는 소렐적 국가의 force, 다름 아닌 그런 문맥을 응집하고 있는 것이 벤야민의 Macht이다. 이른바 혈통적 유전遺傳의 보존이 지배·지도의 정당성·정통성政統性/正統性(Legitimität)의 근저 중 하나인 것처럼, Macht라는 번역어/인용어로 벤야민은 그런 조바꿈·연착륙을 통한 국가의 자기연장과 자기보위의 법칙을 가리킨다. Macht는 조바꿈되는 국가의 폭·권·위·력, 중단 없이 지속되는 국가게발트의 정당성의 정초력이다. (신체적·정신적) 능력, 전권·주권, 권력·위력, 강제력·폭력, 병력·군대 등을 뜻하는 Macht가 벤야민에게서 "법의 권능Macht"이라는 용례로 드러날 때, 그리고 법의 그 권능이 "운명적 질서에 소속되어 있"는 것일 때, 그렇게 법의 근저에 "운명의 영광을 두르고 즉위한 폭력"이 있을 때, 곧 운명이 다름 아닌 법폭력의 원천으로 끔찍하게 우뚝 서있는 것일 때 Macht는 영광-운명이라는 법정초적 힘을 나눠 갖는다. 그렇게 Macht는 국가게발트의 궐위interregnum 혹은 공위를 미연에 저지·억지하는 카테콘적인 힘이며, 국가의 폭·권·위·력이 공백 없이 항존화·완전화되고 있는 상태의 힘이다. 재구축한 번역어로는 "전·권·능·력Macht".

1-2-2. 벤야민의 Kraft와 Macht에 대한 위의 두 번역어는 다음과 같은 개별 역어들 간의 차이를 '저속도 촬영'하고 그 필름을 편집·상영한 것이기도 하다: "力クラフト"-"権力マハト"(J2, 힘크라프트-권력마흐트), "力"-"権力"(J3, 힘-권력), "힘"-"권력"(K2; K3), "力量"-"権力"(J1, 역량-권력), "力量"-"权力"(C, 역량-권력), "strength"-"power"(E, 힘·기운·용기, 강도, 인장력·내구력, 영향력·강도·농도·세기-) "fuerza"-"poder"(S1; S2; S3, 힘·기운·기력·활력·에너지·체력·정신력, 폭력·완력, 효력·효과·효능-), "forza"-"potere"(I, 힘·체력·기운·정신력, 폭력·완력, 효력·효능, 강도·농도-), "силы"-"власть"(R, 힘·체력, 역량, 폭력·위력·세력, 효력·권리, 본질-), "권력"-"권력"(K1). 벤야민의 Gewalt-Staatsgewalt-Kraft-Macht는 K1에서 권력-국가권력-권력-권력으로 옮겨짐으로써, 벤야민의 번역/인용에 의해 폭력의 분광체로 발현중인 차이들은 말소된다. 이 극한적인 예, 곧 예외가 전체를 비춘다. C를 비롯해, Macht에 대한 서양의 번역어들 거의 모두가 Gewalt에 대한 번역어들과 일괄 동일할 때, K3에서 Staatsgewalt와 Macht가 '국가권력'과 '권력'으로 옮겨질 때에도 벤야민에 의한 차이의 분광 및 그 효력은 부분적으로 소멸된다. K1이라는 차이 말소의 극한적 사례를 통해 번역어들의 전체를 비출 수 있듯이, S1(violencia-violencia del Estado-fuerza-poder)이라는 차이 발현의 예외를 통해서도 전체를 비출 수 있다. J1은 벤야민의

네 낱말을 준별하여 옮겼으되 Gewalt의 번역어가 '폭력'으로 고정·경직되고 있으며, J2, K2, J3의 역자들이 대괄호를 통해 Gewalt의 중층성을 옮기고자 했던 번역어들은 Macht의 번역어들과 다층적으로 준별되지 못한다. J1과 C가 Kraft를 '역량'으로 옮기고 있는 것은 한국과 일본의 다른 번역어들을 비추면서 이탈하는 차이, 서양의 번역들이 갖는 의미의 주성분을 제고·견인하는 차이의 계발 및 증강을 실험하게 한다. 그런 실험의 또 한 가지 대상으로 소렐의 maîtres에 대한 벤야민의 번역어·인용어 Herren[지도자들]이 남아있다. 주인·소유주, 우두머리·지도자·지배자, 스승·대가 등을 뜻하는 maître의 복수형이 주인·주님·하느님, 소유주·고용주·호주, 지배자·군주·영주 등을 뜻하는 Herr의 복수형으로 번역되었다. 거두절미하고 예컨대, "아무도 두 주인deux maîtres을 섬길 수 없다. […] 너희는 신Dieu과 맘몬Mammon[황금신·재물·부·소유]을 아울러 섬길 수 없다"(불어 「마태복음」 6: 24)는 그리스도 예수의 말, 또는 '신도 주인도 없다Ni Dieu ni maître'는 '아나키스틱'한 힘의 표현은 각각 독일어 성경 '두 주인zwei Herren'(곧 '신Gott과 맘몬Mammon')에, 독일어 '신도 주인도 없다Kein Gott, kein Herr'는 안-아르케적 표어에 조응한다. 그런 '신-주인'의 의미연관 속에서 소렐의 maîtres와 벤야민의 Herren은 접촉되며, 그 접촉의 첨점이 번역/인용의 가능하고 필요한 준거가 된다. 그런 Herren을 옮긴 서양의 다른 번역어들도 불어와 독어의 그런 첨점을 공통적인 의미연관 속에서 스치고 지나가는바, 나열하면 다음과 같다. “masters”(E, 「마태복음」 two masters[God; money]; No gods, no masters), “padroni”(I, 「마태복음」 due padroni[Dio; Mammona]), “amos”(S1; S2, 「마태복음」 dos amos[Dios; Riquezas재산·부]), “господ”(R, 「마태」 двум господам[Богу신·조물주·천주; маммоне]). “patrones”(S3)는 「마태복음」에 조응하지 않지만 주인·고용주·보호자를 뜻함과 동시에 원형·본·본위 및 국가·도시·동업조합 등의 수호성인을 뜻한다. 한자 번역어들은 다음과 같다. “支配者”(J1; J2; J3, 지배자), “주인”(K1; K2), “主人”(C), “주인들”(K2). 관건은 ‘주’, 지배와 지도의 신성한 주인을 표시하는 일이다. 행간번역어로는 “주[인][(소유)주/주재자]”. 소렐에 대한 벤야민의 번역/인용은 소렐적 폭력연관의 용례와 용법을 내재적으로 좀 더 철저하게 준별하여 의미화하려는 의지를 따른다. 달리 말해 벤야민의 번역/인용은 그 자신이 수행하고자 하는 게발트-크리틱의 중심어들을 차이화하는 장이며 폭력의 상황과 형질에 대한 준별의 실험실이다. 반복하자면, 폭력의 분광기. 그러하되 그런 준별과 분광 속에서 더 낯설게 인식되는 폭력의 합류·상호삼투의 첨점이 있는바, 그것은 다름 아닌 자유재량적 ‘생사여탈권’이라는 낱말이다: 예컨대 벤야민이 말하는 “생사여탈의 폭권행사”, 곧 Ausübung der Gewalt über Leben und Tod. 이와 조응될 수 있는, 독일에서 사용되는 다른 낱말들, Macht über Leben und Tod; Herr über Leben und Tod; Recht über Leben und Tod. 이 용례들에서 보이는 것은 서로 다르게 발현하는 Gewalt-Macht-Herr-Recht[정당함·법·권리·권한·판결] 간의 차이가 생사·생살을 적정선에서 결정하는 조·치·직·권으로서 공통의 반석을 이루면서 연합화 · 전체화하고 있다는 점이다. 말하자면, 생사여탈권이라는 전-권. 폭력의 분광기란 바로 그런 전-권을 대상으로 한 준별인바, 그것이 다름 아닌 조바꿈과 교대보강으로 정초되는 집행되는 저 절충적인 것의 폭·권·위·력/전·권·능·력에 대한 비판의 장치일 때, 이미 그것은 "절제된, 너무도 절제된 혁명"[18]이라는 소렐의 한 구절에, 혹은 베른슈타인을 비판하면서 쓰고 있는 소렐의 다음 문장들에 앞질러 접촉되고 있는 것이었다: "따라서 우리는 혁명이 일어난 다음날, 현 사회 안에서 이미 긴밀한 집단을 형성한 정치인들 전체에 의해 행사되는 독재를 보게 될 것이다." 줄여 말해, "결국 국가기구를 복원해내는 사람들"[19], 카테콘적-적그리스도적 주[인]의 폭·권·위·력/전·권·능·력에 관한 비평이 거기서 시작될 수 있다.[20]

---

18 조르주 소렐, 『폭력에 대한 성찰』, 247쪽.

19 조르주 소렐, 『폭력에 대한 성찰』, 239쪽.

20 폭력의 분광, 그것은 벤야민에 앞서 소렐의 것이기도 했다. 여기서 상세히 쓸 수는 없지만, '무력(force)'과 '폭력(violence)'의 구분에 직결되는 '정치적 총파업'과 '프롤레타리아 총파업'의 준별은 소렐적 폭력의 분광기 속에서 다시 정의될 수 있을 터이다. 다음 한 대목을 앞질러 인용함

윤인로

독립출판 "파루시아" 편집주간, 〈신적인 것과 게발트[Theo-Gewaltologie]〉 〈제국 일본의 테오-크라시〉 총서 기획자. 『신정-정치』 『묵시적/정치적 단편들』을 썼고, 『홉스 대 스피노자: 구약 텍스트 해석을 둘러싼 대항』(근간) 『국가와 종교』 『이단론 단편』 『파스칼의 인간 연구』 『선(善)의 연구』 『일본 이데올로기론』 『정전(正戰)과 내전』 『사상적 지진』 『유동론』 『윤리 21』(공역) 등을 옮겼다.

으로써 가능하고 필요한 이정표 하나를 세워놓고자 한다: "여기서[『자본론』 '시초축적' 장에서] 맑스는 이 힘(force)이라는 단어["맑스가 산파에 비유하면서 사회운동을 강화한다고 말한" '힘'이라는 낱말, 즉 맑스가 말한 Gewalt]는 독일어 원문에는 ökonomische Potenz(『자본론』, 제4판, 716쪽)로, 불어판에는 agent économique로 되어 있다. 푸리에는 이를 기하급수로 해석하여 puissanciel이라고 부른다(『산업적·사회적 신세계』, 376쪽). 『자본론』, 176쪽, 1항을 보면, travail puissancé라는 용어는 생산성 증대를 가져오는 노동이라는 의미로 사용된다."(조르주 소렐, 『폭력에 대한 성찰』, 245쪽) 이 한 대목은 소렐의 '폭력옹호의 철학'에 등장하는 violence, force, pouvoir, puissance, autorité 간의 차이와 삼투를 비추는 약한 도약대가 될 수 있을 것이다.

문학/사상 2
주변성의 이행을 위하여

초판 1쇄 발행 2020년 12월 24일

발행인 강수걸
편집인 구모룡
편집주간 윤인로
펴낸곳 산지니
등록 2005년 2월 7일 제333-3370000251002005000001호
주소 부산시 해운대구 수영강변대로 140 BCC 613호
전화 051-504-7070 | 팩스 051-507-7543
홈페이지 www.sanzinibook.com
전자우편 sanzini@sanzinibook.com
블로그 http://sanzinibook.tistory.com

ISBN 978-89-6545-689-6 03800

* 책값은 뒤표지에 있습니다.
* 이 도서의 국립중앙도서관 출판예정도서목록(CIP)은 서지정보유통지원시스템 홈페이지(http://seoji.nl.go.kr)와 국가자료공동목록시스템(http://www.nl.go.kr/kolisnet)에서 이용하실 수 있습니다. (CIP 제어번호: CIP2020052675)

문학/사상 1

권력과 사회

Σ 권두언

비평지 『문학/사상』을 출범시키며

Π 비판-비평

로컬의 방법에 관한 비평 노트

구모룡 문학평론가

신화적 공간으로서 바다: 최인훈의 바다의 가능성

김건우 독일 빌레펠트 대학 사회학과 박사과정,
〈교수신문〉 독일 통신원

생명-조치권력: 방역=전쟁/정치의 최종심 앞에서

윤인로 『신정-정치』 저자

X 현장-번역

푸코를 통해 판데믹을 이해하기?

필립 사라신 취리히대학 역사학과 교수 지음

김강기명 베를린 자유대학교 철학과 박사과정 옮김

∞ 쟁점-서평

TK 출신 연구자가 TK의 마음을 연구할 때

『대구경북의 사회학』

신지은 부산대 사회학과 부교수

경계를 넘어서: 선택을 강요한 현대사의 비극

『조난자들』, 『한국이 낯설어질 때 서점에 갑니다』

정광모 소설가

재난을 살다: 재난 서사라는 오늘의 보편 문법에 관하여

『부림지구 벙커X』

김대성 문학평론가